Lynne Graham
Cautiva del jeque

HARLEQUIN™

Editado por HARLEQUIN IBÉRICA, S.A.
Núñez de Balboa, 56
28001 Madrid

© 2007 Lynne Graham
© 2015 Harlequin Ibérica, S.A.
Cautiva del jeque, n.º 2389 - 20.5.15
Título original: The Desert Sheikh's Captive Wife
Publicada originalmente por Mills & Boon®, Ltd., Londres.
Este título fue publicado originalmente en español en 2008

I.S.B.N.: 978-84-687-6139-8
Depósito legal: M-7968-2015
Impresión en CPI (Barcelona)
Fecha impresion para Argentina: 16.11.15
Distribuidor exclusivo para España: LOGISTA
Distribuidor para México: CODIPLYRSA
Distribuidores para Argentina: Interior, DGP, S.A. Alvarado 2118.
Cap. Fed./Buenos Aires y Gran Buenos Aires, VACCARO HNOS.

Capítulo 1

¿CONOCES a alguien al que le guste casarse? –dijo entre carcajadas Rashad, príncipe de Bakhar, tras considerar la pregunta de su padre. La buena educación no le permitió una respuesta más directa–. No, me temo que no.

El rey Hazar miró a su hijo con inquietud. Saber que había sido bendecido por el nacimiento de Rashad acrecentaba su sentimiento de culpa. Su hijo era todo lo que un futuro rey tenía que ser. Sus excelentes cualidades habían brillado como un faro durante los oscuros días en que Bakhar había sufrido bajo las despóticas leyes de Sadiq, el tío de Hazar. A ojos de la gente, Rashad no podía equivocarse; había soportado muchas crueldades, pero se había convertido en un héroe tras la guerra que había devuelto el trono a la dinastía legítima. Incluso los rumores sobre que el príncipe en el extranjero era un reconocido mujeriego, apenas disgustaban a nadie, todo el mundo aceptaba que se había ganado el derecho a disfrutar de su libertad.

–Llega un momento en que un hombre debe sentar la cabeza –remarcó Hazar– y dejar a un lado los asuntos más mundanos.

Rashad sonrió y miró sin expresión los preciosos jardines, orgullo y alegría de su padre. Podía ser que, cuando fuera algo mayor, también él se sintiera orgulloso de un seto bien podado, pensó sarcástico. Aunque sentía un gran afecto por su padre, no estaban muy unidos. ¿Cómo podían estarlo? Rashad tenía solo cuatro años cuando había sido arrancado de los brazos de su madre y se le había negado la posibilidad de cualquier contacto con sus padres. Los siguientes veinte años había aprendido a no confiar en nadie. Para cuando se había reunido con su familia, ya era una persona adulta, un superviviente y un soldado curtido en la batalla, entrenado para poner la disciplina y el deber por encima de todo lo demás. Pero no estaba preparado para cumplir las expectativas de su padre.

–No quiero casarme –afirmó Rashad.

Hazar no estaba preparado para una respuesta tan audaz, en la que ni se ofrecía una disculpa ni la posibilidad de un acuerdo. Asumiendo que había abordado el asunto de un modo torpe, dijo:

–Creo que el matrimonio aumentará tu felicidad.

Rashad casi hizo un gesto de dolor por lo simple del argumento. No tenía semejante expectativa. Solo una vez le había hecho feliz una mujer, pero casi igual de rápido había descubierto que estaba viviendo un paraíso para tontos. No había olvidado la lección. Le gustaba su libertad y le gustaba el sexo. Disfrutaba de las mujeres, pero solo había un espacio de su mundo privado que podían ocupar: la cama. Y lo mismo que cuando se trataba de comer, prefería una dieta variada. Así que no tenía ninguna necesidad de tener una sola mujer pegada a él de modo permanente.

–Me temo que no puedo estar de acuerdo con esa afirmación.

El anciano decidió ignorar la frialdad que había entre los dos y reprimió un suspiro. Le gustaría haber tenido la oportunidad de haber podido disfrutar de una pizca de la educación superior que había tenido su hijo y poder discutir el tema en igualdad de términos. Sobre todo deseaba tener la capacidad de tratar con su hijo, a quien quería con todas sus fuerzas, pero por desgracia, no era capaz.

–Hasta ahora nunca habíamos estado en desacuerdo. Debo de haberme expresado mal. O, quizá, no te lo esperabas.

–Nada de lo que puedas decir me hará cambiar de opinión. No quiero tener esposa.

–Rashad... –su padre estaba horrorizado por su testarudez; además su hijo no era conocido por su capacidad para cambiar de opinión–. Eres tan popular que podrías elegir a la mujer que quisieras. A lo mejor te preocupa el tipo de mujer que se espera que elijas para casarte. Creo que incluso una extranjera sería aceptable.

Un velo cubrió los brillantes ojos oscuros de Rashad. Se preguntó si esa referencia a las mujeres extranjeras tendría algo que ver con la desastrosa relación que había mantenido con una inglesa cinco años antes. La sola sospecha, despertó el feroz orgullo de Rashad. Su padre y él habían enterrado ese asunto sin siquiera comentarlo.

–Vivimos en un mundo moderno, pero tú crees que debo comportarme como lo hicisteis tus antepasados y tú, y que tengo que casarme joven para tener un hijo, un heredero –dijo Rashad con frialdad y dicción crispada–. No creo que semejante sacrificio sea necesario. Tengo tres hermanas mayores que yo con un montón de hijos sanos. En el futuro, uno de ellos podrá ser el heredero.

–Pero ninguno es hijo de rey. Algún día tú serás el rey. ¿Decepcionarás a tu pueblo? ¿Qué tienes en contra del matrimonio? –exigió el anciano incrédulo–. Tienes mucho que ofrecer.

Todo excepto un corazón y fe en el género humano, pensó Rashad con impaciencia.

–No tengo nada en contra de la institución del matrimonio. Para ti ha sido bueno, pero no lo será para mí.

—Al menos reflexiona sobre lo que te he dicho —presionó Hazar—. Volveremos a hablar de ello.

Después de haber defendido su derecho a ser libre tan resueltamente como había luchado para defender la libertad del pueblo bakharí, Rashad salió a grandes zancadas de las habitaciones privadas de su padre. Estaba todo abarrotado de ministros de avanzada edad y cortesanos que hacían una reverencia a su paso. Uno tras otro, los guardias presentaron armas y saludaron a Rashad mientras recorría antiguos patios y corredores hasta su despacho.

—Oh... Pretendía sorprenderlo, alteza real —dijo una atractiva morena con ojos marrones en forma de almendra y piel cremosa al lado de un refrigerio que le había preparado en la espaciosa oficina exterior. Hizo una profunda reverencia lo mismo que el resto del personal que se ocupaba en responder los teléfonos—. Todos sabemos que normalmente trabaja tanto que se le olvida comer.

A pesar de que Rashad hubiera preferido estar solo en ese momento, estaba acostumbrado a las consideraciones que se tenían normalmente con un príncipe. Farah era una pariente lejana. Con sonrisas de modestia y conversación intrascendente, le sirvió un té y unas diminutas pastas. Era evidente que el deseo de su padre de que se casara se había filtrado a los círculos de la élite de Bakhar, así que no cometió el error de sentarse y disfrutar de la conversación. Sabía que todo estaba destinado a impresionarlo y mostrarle lo bien que resultaría Farah como reina.

—No he podido evitar ver la revista de los alumnos de la universidad, alteza real —señaló Farah—. Debe de sentirse muy orgulloso de haber sido el primero de su promoción en la Universidad de Oxford.

–Por supuesto –dijo sin entonación y con un gesto evasivo–. Tienes que perdonarme, tengo un compromiso.

Recogió la revista que había llamado la atención de Farah y entró en su despacho. Se preguntó a cuantos números de esa misma revista no había siquiera prestado atención durante años. Tenía pocos buenos recuerdos de su época de estudiante en Inglaterra, pensó mientras hojeaba la publicación hasta detenerse cuando la visión del rostro de una mujer atrajo su atención de repente. Era Matilda Crawford llegando a un acto académico con una mano apoyada en el brazo de un distinguido señor mayor que ella.

Rashad abrió la revista encima de la mesa con manos no muy firmes. Fue la rabia, no los nervios lo que lo puso de ese modo. Matilda llevaba el cabello rubio apartado de la cara y un mojigato vestido marrón cerrado hasta el cuello. Pero la verdad era que su belleza natural no requería aditamentos: tenía el pelo rubio, la piel color marfil y los ojos azul turquesa. Apretó los dientes mientras leía el pie de foto. A ella no se la nombraba, pero su acompañante era el profesor Evan Jerrold, el filántropo. Un rico... ¡por supuesto! Sin duda otro ingenuo al que desplumar, pensó Rashad con amargura.

Lo exasperó ser consciente de que aún reaccionaba a la visión de Tilda y los recuerdos que despertaba. Había sido un desagradable incidente en su vida y un recordatorio de que tenía defectos. Cinco años antes, podía haber sido un luchador curtido en el campo de batalla e idealizado por sus compatriotas como un salvador, pero su tío abuelo Sadiq había conseguido mantenerlo virtualmente prisionero en Bakhar. Había vivido bajo constante amenaza y vigilado. Tenía veinticinco años cuando su padre había accedido al trono y él había aprovechado la libertad de la que hasta entonces había carecido.

Había sido el rey Hazar quien había sugerido que

completara sus estudios en Inglaterra. Rashad podía haber heredado la brillantez intelectual de su madre y la agudeza de su padre, pero en esos tiempos tenía una escasa experiencia sobre cómo eran las mujeres occidentales. A los pocos días de llegar a Oxford, se había encaprichado de una extravagante joven.

Tilda Crawford había sido una camarera, bailarina exótica y cazafortunas al mismo tiempo. Pero contó a Rashad historias conmovedoras sobre un padrastro maltratador y el sufrimiento que había infringido a su familia. Lo había juzgado bien, se burló Rashad de sí mismo. Educado en la idea de que era su obligación ayudar a aquellos más débiles que él, había desempeñado el papel de caballero andante. Cegado por su belleza y sus mentiras, había estado peligrosamente cerca de pedirle que se casara con él. ¡Menuda futura reina habría sido aquella Jezabel de extracción humilde! La amarga punzada de la humillación que había sufrido aún tenía la capacidad de afectar a su ego.

Cuadró los hombros y alzó la orgullosa cabeza. Realmente había llegado el momento de cerrar ese sórdido episodio y arrumbarlo en el pasado. En ese momento fue consciente de que algo así no podría lograrlo mientras los culpables siguieran impunes. El digno silencio que él había mantenido no le parecía lo más adecuado. Además, ¿no le había hecho así más fácil a Tilda seguir engañando a hombres acaudalados? Podía salvar a su nuevo admirador de pasar por algo similar a lo que había pasado él, pensó con sombría satisfacción. Los pecadores tendrían que ser llamados para presentar cuentas por sus pecados, no podían permitirse que siguieran disfrutando de los frutos de su falta de honestidad.

Rashad volvió a mirar con detenimiento la foto de Tilda y se maravilló de lo mucho mejor que se encontraba una vez que había reconocido lo que era su deber hacer. Se requería acción, no una retirada estratégica. Se puso en contacto con su contable para confirmar que no se había hecho ni un solo pago del préstamo sin intereses que había hecho a la familia Crawford. No se sorprendió de que se cumplieran sus peores expectativas. Dio la orden de que se llevara el asunto con diligencia. Fortalecido por un potente sentido de la justicia, tiró la revista.

Colocándose el largo cabello rubio tras la oreja, Matilda miró con detenimiento a su madre, Beth, totalmente consternada mientras pedía una segunda oportunidad.

—¿Cuánto debes?

La mujer cubierta de lágrimas miró temblorosa a su hija.

—Lo siento. Lo siento tanto… Debería habértelo dicho hace meses, pero no me atreví. He enterrado la cabeza con la esperanza de que los problemas se solucionaran solos.

Tilda estaba realmente conmocionada por la cantidad de dinero que su madre le había confesado que debía. Era sencillamente enorme. Tenía que haber algún tipo de error, de malentendido. No se podía ni imaginar cómo había hecho para meterse en semejante deuda. ¿Quién había prestado tanto dinero a su madre siempre falta de él? ¿Cómo demonios podía haber alguien que hubiera creído que su madre devolvería alguna vez semejante suma? Pensó en los intereses y empezó a plantear cuestiones encaminadas a enterarse de cómo se había originado esa deuda.

—¿Desde cuándo tienes el préstamo?

Beth se enjugó las lágrimas, pero no miró directamente a su hija.

–Hace cinco años... pero no estoy segura de si se puede llamar préstamo.

Tilda estaba asombrada de que su madre hubiera sido capaz de mantener tanto tiempo en secreto algo así. Recordaba muy bien la lucha que había supuesto simplemente poner un plato de comida en la mesa. Estaba desconcertada por la falta de certeza de su madre respecto a las condiciones del préstamo.

–¿Puedo ver los papeles?

La mujer se levantó apresuradamente y hurgó en un armario de la cocina lleno de envases de plástico. Miró a su hija con gesto de culpabilidad.

–He tenido que esconder las cartas para que ni tus hermanos ni tú las encontrarais y me preguntarais de qué eran.

Cuando dejó encima de la mesa una pila de cartas, Tilda tragó e hizo un gruñido de incredulidad.

–¿Cuánto hace que no eres capaz de pagar?

Apartándose el cabello de la frente con un gesto nervioso, Beth miró a Tilda ansiosa.

–Nunca he hecho ningún pago...

–¿Nunca? –interrumpió Tilda al borde del colapso.

–Al principio no tenía dinero y pensé que podría empezar a pagar cuando las cosas me fueran algo mejor –dijo la mujer rubia y menuda apretando un pañuelo de papel entre las manos–. Pero las cosas nunca fueron mejor. Siempre había alguien que necesitaba unos zapatos nuevos o un abono para el autobús... o llegaba la Navidad y no quería desilusionar a los pequeños. No tenían muchas más alegrías el resto del año.

–Lo sé –Tilda se inclinó sobre la pila de cartas sin abrir y respiró hondo.

Sabía que tenía que intentar disimular lo hundida que se encontraba, pero le resultaba realmente difícil. Su madre era una mujer vulnerable, propensa a los ataques de pánico. Necesitaba que su hija le proporcionara seguridad y apoyo. Habían pasado cuatro años desde la última vez que Beth había conseguido salir de su casa para enfrentarse al mundo. La agorafobia, el temor a los espacios abiertos, había hecho de la casa de Beth su propia prisión. Pero eso no le había impedido trabajar para ganarse la vida. Era increíblemente rápida con la máquina de coser y eso le había permitido mantener una clientela estable de personas a las que hacía prendas y ropa para la casa. Por desgracia, tampoco eso le había permitido ganar mucho.

–¿De cuánto era el préstamo exactamente? –preguntó Tilda sumida en la confusión–. No creo que nadie viniera a casa a ofrecerte mucho dinero.

Al otro extremo de la mesa, Beth se mordió el labio inferior y gimió de modo lastimero. En su mirada había una expresión de vergüenza.

–Esa es la parte que no quería contarte. De hecho, ha sido la razón por la que lo he mantenido en secreto. Me hacía sentir culpable y no quería molestarte. Sabes... Le pedí a Rashad el dinero y él me lo dio.

El óvalo del rostro de Tilda se quedó sin color. Sus ojos azul turquesa parecían más brillantes por contraste con la palidez de su piel.

–Rashad... –repitió débilmente con un nudo en la garganta–. ¿Le pediste que nos ayudara?

–¡No me mires así! –jadeó Beth mientras las lágrimas le llenaban los ojos–. Rashad dijo una vez que nos sentía como parte de su familia y que así era como hacían las familias en Bakhar: todo el mundo cuida de los demás. Estaba convencida de que iba a casarse contigo. Pensé que estaba bien aceptar su ayuda económica.

Tilda estaba horrorizada por una explicación que seguramente sería cierta al tratarse de una mujer tan ingenua como su madre. Cuando Rashad había visitado su casa, había parecido apreciar su grande y bulliciosa familia. La verdad era que solo en esas ocasiones lo había visto realmente relajado y con la guardia baja. Había jugado con sus hermanos, enseñado a una de sus hermanas a hacer divisiones largas y había contado cuentos a los más pequeños. No era sorprendente que su madre se hubiera convertido en una gran admiradora suya. Tilda nunca había sido capaz de contarle a Beth por qué Rashad y ella habían roto su relación. Se puso de pie de un salto y paseó hasta la ventana. Una carretera con mucho tráfico pasaba por delante del jardín de la destartalada casa, pero Tilda estaba tan perdida por la ola de rabia que estaba experimentando que ni siquiera se dio cuenta del tráfico.

Por muy leal que fuera a su madre, se sentía completamente humillada por lo que acababa de saber. Estaba destrozada por haberse enterado después de cinco años de que su relación con Rashad había tenido una vertiente económica que desconocía. ¿Habría tenido eso algún efecto negativo en la visión que de ella tenía Rashad? Se habría muerto de vergüenza si en aquel momento hubiera sabido lo del dinero.

Rashad era increíblemente rico y muy generoso. ¿Le habría dado pena Beth? ¿O había tenido una motivación más oscura? ¿Habría pensado que el dinero haría que ella estuviera menos nerviosa a la hora de entregarle su cuerpo? ¿Había intentado comprar así su virginidad? Sintió que su orgullo se retorcía solo ante la posibilidad. ¿Había sido injusta con él? Pensó que los actos muchas veces gritaban más que las palabras. No se había acostado con Rashad y él la había dejado en la cuneta sin ninguna clase de compasión.

—Estaba desesperada —admitió Beth entre dientes—. Sabía que no estaba bien, pero tu padrastro se había metido en semejante lío con los pagos de la hipoteca... Estaba aterrorizada, pensaba que podíamos quedarnos en la calle.

Con un gran esfuerzo, Tilda cerró mentalmente una puerta y con ella la poderosa imagen de Rashad Hussein Al-Zafar de quien, por desgracia, se había enamorado con dieciocho años. La referencia que su madre había hecho a su segundo marido ayudó bastante. Scott Morrison se había casado con Beth cuando era una viuda con dos hijos. En la superficie era un hombre guapo, cálido y sencillo, pero había sido un maltratador espantoso que había robado sistemáticamente a la familia. El nacimiento de tres hijos más y el enfrentamiento con un marido infiel y mentiroso había provocado a Beth ataques de pánico y finalmente la agorafobia.

–Cuando le pedí ayuda a Rashad, dijo que compraría la casa y la pondría a su nombre para que Scott no pudiera hacerse con ella...

Tilda se giró sorprendida por aquella información que la había llevado de vuelta al terrible presente. Cada nueva información era peor que la anterior.

–¿Me estás diciendo que Rashad también es el dueño de esta casa? –dijo horrorizada.

–Sí. ¡Al principio eso me hizo sentir segura! –gimió.

–¿Por qué no haces un poco de té mientras echo un vistazo a todas estas cartas? –sugirió Tilda con la esperanza de que la rutina devolviera la tranquilidad a su madre.

Aunque su propio autocontrol se estaba viendo sometido a una prueba casi insuperable a raíz de lo que iba descubriendo. Por mucho que estuviera decidida a no dejarse llevar por el pánico, no podía dejar de escuchar el nombre de Rashad como un eco en el fondo de su mente.

Ansiosa por ocultar que estaba frenética por la preocupación, empezó a colocar las cartas abiertas en montones según fechas, pero recuerdos como destellos asaltaban su cabeza desde todos los lados: Rashad, guapo hasta quitar el aliento y a quien no había sido capaz de quitar la mirada de encima la primera vez que lo había visto. Consiguió quitarse su imagen de la cabeza y se concentró en las cartas. Se quedó en silencio mientras leía a toda prisa. Desgraciadamente lo que leía no eran buenas noticias.

Para empezar, Rashad, o más probablemente sus representantes legales, habían encargado a una firma de abogados de Londres que se aseguraran de que su madre recibía sus notificaciones. El precio de compra de la casa había sido razonable. Se había adelantado otra importante cantidad de dinero para cancelar unas cuantas deudas previas. Tilda se iba poniendo más tensa según leía. Su madre había subestimado la cuantía de la deuda. Beth había firmado un contrato que lo reconocía todo y le habían dado un plazo de un año para poner todos sus asuntos en orden: comprar la casa, suscribir una hipoteca o bien pagar una renta. Tilda leyó una copia del contrato que su madre había firmado.

–¿Por qué firmaste un contrato de arrendamiento? –preguntó Tilda con la boca seca.

–Vino a verme el abogado y tuve que decidir hacer algo.

–Pero no has pagado nada de renta, ¿verdad? –preguntó su hija, que ya había visto una carta en la que se le reclamaban las mensualidades.

–No, no podía –dijo mirándola temerosa.

–¿Ni siquiera un pago?

Tilda pensó que al menos habría tenido dinero para pagar el alquiler, pero de inmediato se avergonzó por no haber estado más pendiente de la economía familiar.

–No, ni uno –esquivó la mirada de su hija y Tilda se preguntó si no le estaría ocultando algo.

–Mamá... ¿hay algún otro problema? –presionó Tilda.

Con la sensación de que había algo más que le ocultaba, Tilda sabía que no podía decirle lo que pensaba de las cartas. Su madre era cariñosa y cuidaba de todo el mundo, sus cinco hijos la adoraban. Era también muy amable y trabajadora, pero en lo referente al dinero o a los maridos problemáticos era completamente inútil. Ignorando las cartas había actuado de la peor manera posible. Las de fecha más reciente eran frías y daban miedo. Se enfrentaban a un desahucio. Tilda sentía que el aire no le entraba en los pulmones: darle semejante noticia a su madre estaba más allá de sus posibilidades. A Beth le daba miedo caminar hasta la cancela del jardín, así que ¿cómo se enfrentaría a la posibilidad de verse literalmente en la calle? Y si ella no podía enfrentarse a la situación, ¿cómo lo harían los cuatro hermanos pequeños de Tilda?

–Tilda... –Beth miró a su hija con el corazón en un puño–. Lo siento de verdad. No te lo he dicho antes, pero me siento tan culpable por haberme casado con Scott. Todo nos ha ido mal desde que cometí ese error.

–No puedes culparte por casarte con él. No se mostró realmente como era hasta después de la boda y ya está fuera de nuestras vidas, así que no volvamos sobre eso –urgió Tilde en un tono deliberadamente optimista–. Deja de preocuparte. Echaré un vistazo a todo y veré qué se me ocurre.

El zumbido del timbre de la puerta sonó extraordinariamente alto en medio del espeso silencio.

–Será un cliente –dijo Beth recomponiendo el gesto y mirando el reloj–. Será mejor que me eche un poco de agua fría en la cara.

–Adelante. Yo abriré la puerta –Tilda se sintió agradecida por la interrupción, así no tenía que darle a su madre vanas esperanzas de que todo se arreglaría.

Incluso atenazada por la conmoción como estaba,

podía ver pocas perspectivas de un final feliz para los apuros de su familia. Después de todo, solo la cancelación de la deuda podía resolver la situación y eran pobres como ratas.

Tilda se sentía llena de frustración a causa del estrés. ¿Por qué había abandonado un trabajo estable para dedicarse tres años a obtener una titulación académica? La decisión había tenido sentido en su momento, le ofrecía la posibilidad de desarrollar una carrera profesional con una buena remuneración económica. Por desgracia, suponía que en ese momento no tenía ahorros y un importante crédito de estudios que devolver. Aunque estuviera trabajando a jornada completa en un puesto con buenas perspectivas, era una de las componentes más joven del equipo y el salario aún no era muy generoso.

Tilda se encontró con su último patrón, Evan Jerrold, en el umbral de la puerta. Una vez más tenía los brazos alrededor de un grueso rollo de tela de cortina. La visión hubiera provocado una sonrisa a Tilda un día normal, porque para decirlo en un lenguaje pasado de moda, y Evan era un hombre pasado de moda, Evan pretendía a su madre. Después de un encuentro ocasional con Beth un día que había acompañado al trabajo a su hija, el hombre se había convertido en un visitante habitual. Desde hacía unos meses, había cambiado tapicerías y otras cosas del hogar para tener la oportunidad de pedir a Beth consejos sobre colores, telas, estilos...

Tilda acompañó a Evan a la sala de trabajo de su madre en la parte trasera de la casa. El amable caballero había sido quien la había animado al principio a dejar su trabajo e ir a la universidad. El erudito Evan, que había heredado una próspera empresa familiar, le había asegurado que allí siempre tendría trabajo en los periodos de vacaciones. Tilda fue a la cocina, recogió las cartas y se subió al piso de arriba. Superviviente de un amargo y costoso divorcio, saldría huyendo en cuanto se enterara de la situación económica de su madre, pensó con amargura. Pero bueno, se dijo Tilda, lo más probable era que entre su madre y Evan solo hubiera una buena amistad. ¿Desde cuándo había creído ella en los cuentos de hadas?

A su adicto al trabajo padre, a quien apenas recordaba, lo había matado un conductor ebrio cuando ella tenía cinco años. El segundo matrimonio de su madre, había sido un desastre. Maltratada e intimidada por Scott, Beth no había sido capaz de proteger a sus hijos. El último año de instituto de Tilda, su padre la había obligado a trabajar por las noches en un sórdido club que pertenecía a uno de sus amigotes.

Tilda volvió a pensar en el presente. Lo que se necesitaba era acción, no perder el tiempo arrepintiéndose por cosas que ya no se podían cambiar. Se acercó al teléfono y llamó a la firma de abogados que aparecía en el membrete de las cartas para pedir una cita. Después de explicar la extrema urgencia de la situación, consiguió que la atendieran el día siguiente al final de la mañana. Después llamó a su banco y preguntó cuánto dinero podrían prestarle. Sus peores temores se cumplieron cuando le dijeron que no tenía patrimonio y aún estaba en período de prueba en el trabajo. Nunca se había rendido fácilmente, así que llamó a otras tres instituciones financieras.

Al día siguiente, se puso un traje pantalón negro y se subió al tren de Londres. Llegó puntual a las impresionantes oficinas de Ratburn, Ratburn y Mildrop en la zona financiera. La acompañaron hasta el despacho de un abogado. Se notaba tensa y, al cabo de unos minutos, tenía la sensación de que cada palabra que ella conseguía articular simplemente rebotaba contra un muro de piedra.

–No puedo hablar con usted de asuntos privados de su madre, señorita Crawford –una explicación de la agorafobia de Beth no había servido de nada–. A menos, por supuesto, que usted tenga un poder notarial que le permita hablar y actuar en nombre de la señora Morrison.

–No... pero en su momento fui muy amiga del príncipe Rashad –se oyó decir Tilda desesperada por probar su credibilidad de alguna manera.

El abogado de mediana edad la valoró fríamente.

–No tengo constancia de que su alteza real esté implicado en este asunto.

Tilda se puso aún más tensa.

–Sé que el crédito fue adelantado por una empresa llamada Metrópolis...

–No puedo comentar asuntos confidenciales con una tercera parte.

–Entonces –apretó los labios–, déjeme hablar directamente con Rashad. Por favor, dígame cómo puedo ponerme en contacto con él.

–Me temo que eso no es posible.

Antes de que ella pudiera decir nada, el hombre de mediana edad se puso en pie para indicar que la reunión se había terminado.

Menos de dos minutos más tarde, Tilda estaba de nuevo en la calle. Se sentía mortificada por el recibimiento que había tenido. Se subió al autobús con destino a la opulenta embajada de Bakhar donde su petición de un número de teléfono a través del cual poder hablar con Rashad fue recibido con una sonrisa cortés que no le hizo avanzar ni un milímetro en su proceso de acercamiento. Su única opción era dejar su número de teléfono para que se lo pasaran a su personal. Durante su insatisfactoria visita no fue consciente de la presencia de un hombre mayor de pelo plateado que había salido de su despacho en cuanto había visto el nombre de ella aparecer en la pantalla de su ordenador. Con el ceño fruncido la observó marcharse.

Decidida a no abandonar, fue a la biblioteca más cercana para conectarse a Internet. Se enfadó considerablemente al descubrir que Rashad estaba en Londres en ese momento y que nadie se lo había dicho, pero cuando vio que la fecha de una gala benéfica a la que iba a asistir era ese mismo día, se animó.

En la recepción del lujoso hotel donde iba a celebrarse la recepción, Tilda leyó en un cartel que solo se podía acceder con invitación. Pagó un precio desorbitado por un refresco con aspecto de agua para poder sentarse en el recibidor del hotel. Mujeres sofisticadas con vestidos muy elegantes salían del atestado salón de baile. Se abrió una puerta de dos hojas para que pudiera salir un hombre en silla de ruedas y Tilda pudo ver dentro de la habitación a un hombre alto y fuerte.

Sintió que el corazón se le paraba como si la hubieran lanzado al aire sin avisarla antes. Era Rashad y había algo tan dolorosamente familiar en el orgulloso perfil de su oscura cabeza que se puso en pie sin siquiera ser consciente de ello. Su atención pasó del recortado pelo negro a las atrevidas líneas de su fuerte perfil. Bajo las luces del salón de baile, su rostro tenía el brillo del oro; bajo las bien definidas cejas negras, una nariz aristocrática y una sensual boca sobre la masculina mandíbula. Era increíblemente guapo de un modo exótico. Recordó los días en que inocentemente pensaba ser artista cuando había dibujado su rostro una y otra vez, obsesionada con cada detalle de sus rasgos de halcón.

Estaba rodeado por un círculo de gente. Deseaba que se diera la vuelta y la mirara en el mismo momento en que vio una mano con las uñas pintadas de rosa que se apoyaba en su brazo. Por un instante, le pareció increíble no haber reparado en la morena guapa con un ligero vestido corto que le sonreía con confianza. Pensó que había censurado esa parte de su visión porque solo quería ver lo que podía manejar. La última vez que había visto a Rashad en carne y hueso había sido hacía cinco años y también había estado con otra mujer, algo que había añadido una dosis extra de humillación a su ya doloroso sentimiento de rechazo.

En ese momento, como entonces, el orgullo y la rabia salieron en su auxilio. Justo cuando volvió a conseguir poner los ojos en él, Rashad se dio la vuelta y miró en su dirección. Su mirada aguda y negra como el ébano se detuvo sobre ella. En su rostro no se movió ni un músculo. Pareció no haberla visto, como si ella no existiera, y después su visión se interrumpió cuando la puerta se cerró de nuevo. Conmocionada por la falta de reacción, Tilda se quedó pálida como la muerte. Volvió a la recepción y preguntó si podían darle un mensaje al príncipe Rashad. Esperó mientras deliberaban, pero los minutos transcurrían y nadie le daba una respuesta. Volvió a sentarse sintiendo un hambre repentina; no había comido nada desde por la mañana. Pero no tenía otra opción que esperar. No podía marcharse mientras le quedara una pizca de esperanza de que él pudiera responder a su petición de tener una reunión.

Pasaron casi tres horas antes de que Rashad decidiera marcharse. Varios hombres enormes de rasgos árabes salieron del salón de baile y formaron una línea de guardia antes de que Rashad apareciera. Se movía con la gracia de una pantera. Su acompañante femenina casi tenía que correr para mantener su paso. Tilda nunca hubiera podido atravesar el cordón de seguridad que mantenía a los simples mortales alejados de su real presencia. Vio los destellos de las cámaras de los paparazis y oyó las preguntas que gritaban, pero Rashad los ignoró y bajó las escaleras.

—¿Señorita Crawford?

Un hombre mayor, de piel oscura, le tendió una tarjeta, hizo una ligera reverencia y salió por la puerta.

Parpadeando por la sorpresa, Tilda miró con detenimiento la tarjeta. En ella, había una dirección y una hora de la tarde del día siguiente. Respiró temblorosa. Rashad le estaba dando la oportunidad de que le explicara la situación de su familia. Pero si no hubiera esperado todas esas horas como una humilde mendiga reclamando la atención de su alteza real, no habría conseguido la audiencia. Sintió que volvía la rabia; reconoció cómo Rashad la hacía sufrir: primero el látigo, después el premio, pero solo si se exhibía la humildad adecuada.

Recostado en la comodidad de su limusina, Rashad pensó en Tilda Crawford desafiantemente vestida con esas ropas masculinas que a él nunca le habían gustado. ¿Por qué se vestía de ese modo? No mermaba en absoluto su belleza natural. Incluso con el pelo recogido, los ojos azul turquesa y la boca con forma de corazón prácticamente sin maquillaje, era capaz de atraer la atención de todos los hombres de las proximidades.

Rashad había disfrutado manteniéndola a la espera. Sabía la clase de mujer que era y no cedería ni un ápice cuando tratara con ella. La verdad era que ser rudo le salía de modo natural, mucho más fácil que ser tierno o contenido. Mientras se entretenía recordando a Tilda, descubrió que la sensación de poder ilimitado era un potente afrodisíaco. La morena que tenía a su lado le apoyó una estilizada mano en el muslo. Rashad apretó el botón que oscurecía las ventanillas...

Capítulo 2

TILDA estaba sentada envarada en el atestado autobús que la llevaba a su destino. Vestida con lo que su madre llamaba la ropa de los domingos, un abrigo negro largo que se ponía para ir a la iglesia, se esforzaba por controlar sus nervios.

Desgraciadamente, cada vez que recordaba cómo Rashad la había ignorado en el hotel, una sensación de haber sido tratada injustamente crecía en su interior. ¿Qué había hecho para merecer ese trato? Después de todo, la situación no era como si ella hubiera sabido que su madre le había pedido en su momento ayuda económica. Se llevó las frías manos a las mejillas ardientes como si así pudiera aplacar la vergüenza que esa idea había despertado en ella. Lo desagradable de la situación la tenía destrozada.

Metropolis Enterprises ocupaba un enorme y moderno edificio de oficinas. La compañía la componían una larga lista de empresas que aparecían en una placa que había en el recibidor. El edificio había sido inaugurado oficialmente por el príncipe Rashad Hussein Al-Zafar. Subió al último piso en un ascensor de cristal. En la sala de espera, respiró hondo con desesperación. Por un momento pensó que no sería capaz, que no podría pedirle tiempo y comprensión a un tipo que en su momento le había roto el corazón y destrozado su autoestima.

—Señorita Crawford... por aquí.

Tilda cuadró los hombros y siguió al asistente personal. Entró en una enorme oficina vacía. Apenas se había cerrado la puerta tras ella cuando se abrió otra al fondo de la sala y entró Rashad.

El salvaje impacto de su físico la golpeó como una ola que se llevó con ella cualquier pensamiento racional. Su fabuloso traje negro de raya diplomática rezumaba estilo y enfatizaba la anchura de sus hombros, la estrechez de sus caderas y la longitud de sus piernas. Sintió que el corazón le latía frenético. Al encontrarse con los ojos color ámbar y cálidos como un atardecer, encontró difícil seguir respirando. Para ella fue como un salto atrás en el tiempo y su respuesta fue inmediata: se le secó la boca y todo su cuerpo se tensó, fruto de la anticipación. Habían pasado cinco largos años desde que había experimentado por última vez esa desasosegante sensación en la parte baja del vientre, y se sintió profundamente alterada.

Tras mirarla durante un instante, Rashad se detuvo al lado de su mesa. El largo abrigo negro de cuello alto se convertía en un marco dramático para la delicada perfección de su piel de marfil y el pelo rubio. Casi divina, pensó con cinismo, consciente de la pureza de su aspecto. Naturalmente conocía el efecto de su deslumbrante belleza. Evidentemente esa aura de inocencia era un fachada pensada para volver locos a los hombres. Él lo sabía mejor que nadie.

–Gracias por recibirme –dijo Tilda casi sin aliento decidida a demostrarle que tenía mejor educación que la que había demostrado él en el hotel.

–Me ha podido la curiosidad –reconoció Rashad perezoso.

Miró las largas pestañas color miel que vibraban sobre los asombrosos ojos turquesa, el ligero mohín de su rosado labio inferior. Tenía que reconocer que era exquisita. Unos centímetros más y habría rivalizado con cualquier modelo. Cinco años antes, había tenido un excelente gusto, al menos en lo referente a la apariencia. Se preguntó si ella se atrevería a decirle que no y la sola idea hizo que la excitación le llegara hasta los genitales. Apretó los dientes conmocionado por esa instantánea reacción sexual. No había pensado en que seguiría teniendo esa respuesta ante su presencia cuando su fuerte autodisciplina iba en dirección contraria a esa debilidad.

A fuerza de no mirar directamente a Rashad, Tilda recuperó la concentración y fue directamente al asunto que la había llevado allí.

—No tenía ni idea de que mi madre te había pedido dinero prestado cuando salíamos. Si lo hubiera sabido en ese momento, habría evitado que te vieras envuelto en los problemas de mi familia.

Rashad estuvo tentado de echarse a reír a carcajadas ante semejante afirmación inverosímil. Caminó hasta una ventana. Pensó que su alegato de ignorancia era una prueba más de su viejo hábito de reclamar siempre ser inocente o tener una explicación razonable para justificar sus acciones. Parecía que el leopardo no había cambiado las manchas de su piel. Nunca era nada culpa de ella.

Tilda se acercó un poco ansiosa por dar todas las explicaciones posibles antes de que él dijera nada.

—Mi madre no debió pedirte nada, pero tú no deberías habérselo dado —dijo en tono de disculpa—. ¿Cómo demonios creías que iba a ser capaz de devolverte semejante cantidad de dinero? ¿Por qué, al menos, no me dijiste a mí lo que pensabas hacer antes de hacerlo?

Rashad se dio la vuelta para mirarla cara a cara. Había ido demasiado lejos con esa última pregunta. Una sonrisa sardónica se dibujo en su hermosa boca.

—Seguramente eso no era parte de tu plan.

Tilda enarcó las cejas en un gesto de confusión.

–¿Plan? ¿Qué plan? No sé de qué me hablas.

Rashad la observó fríamente y tuvo que reconocer que era realmente convincente. Esa expresión de perplejidad en sus ojos habría convencido a la mayor parte de los hombres de que estaba diciendo la verdad. Por desgracia para ella, las experiencias pasadas lo habían blindado contra las mentiras que pudiera decir para despertar su compasión.

El silencio resultaba claustrofóbico a Tilda. No entendía qué había hecho mal ni por qué él no decía nada, por qué en los ojos de Rashad brillaba el desprecio.

–¿Por qué me miras así?

–Me deja perplejo que te atrevas a aparecer ante mí y criticarme por ser generoso con tu familia. Podría ser una argucia con algunos hombres, pero a mí me ofende.

Aquel frío tono hizo que ella sintiera un escalofrío.

–No estoy negando tu generosidad y no tengo ninguna intención de ofenderte ni de ser desagradecida por haber dejado ese dinero. Pero mi madre no tenía posibilidades de devolvértelo y eso debería haber hecho que te lo pensaras dos veces.

–A tu madre se le dio la posibilidad de pagar una renta.

Tilda se dio cuenta de que la reunión iba realmente mal y temió estar permitiendo que su orgullo personal y animosidad se interpusieran en su objetivo de conseguir aclarar las cosas.

–Han cambiado muchas cosas en nuestras vidas en los últimos cinco años, Rashad. Mi padrastro se marchó. Durante una temporada vivimos en el caos. Creo que mi madre ahora sufre...

–Para –ordenó cortante Rashad–. No necesito escuchar historias lacrimógenas. No somos personajes de un serial, tampoco tenemos una relación personal. Estamos hablando de negocios. Esos son los límites...

La reprimenda encendió las mejillas de Tilda. ¿Historias lacrimógenas? ¿Así era como había interpretado sus referencias a los apuros de su familia cinco años atrás? ¿Cuando había confiado en él, lo había interpretado como una petición de compasión? ¡Ni una sola vez le había dicho nada de la escasez de dinero que había en su casa! Lo mismo que se había sentido demasiado avergonzada para contarle que su padrastro era un maltratador y que, además, tenía antecedentes penales.

–Sí, lo entiendo, pero...

–No me interrumpas cuando estoy hablando, es de muy mala educación –dijo Rashad sin dudar.

–Solo estaba tratando de explicarte la situación de mi madre y por qué ha dejado que las cosas lleguen hasta este punto –molesta por la llamada de atención, tuvo que hacer un gran esfuerzo para no rebatirlo.

Mantener la cabeza fría era muy difícil cuando Rashad se estaba comportando como un extraño. Era realmente difícil creer que alguna vez había sido otra cosa. Su inglés se había vuelto mucho más normativo y sus maneras con ella eran terriblemente frías y distantes. Nunca había sido tan consciente de su origen y su bagaje real. Recordar, además, el daño que una vez le había hecho no contribuía en nada a estabilizar sus emociones.

–Las circunstancias personales de la señora Morrison son irrelevantes –afirmó Rashad–. Han pasado cinco años. No ha habido ni un intento de afrontar un solo pago del crédito, no se ha pagado la renta ni una vez. El informe habla por sí mismo.

Mientras Rashad le recordaba la vergonzante realidad, el rubor iba cubriendo el rostro de Tilda.

–Reconozco que mi madre ha manejado todo esto realmente mal, pero por desgracia yo no sabía hasta esta semana que tú eras el dueño de la casa y que le habías dejado dinero.

Tras esa afirmación, el gesto de Rashad se volvió realmente severo.

–¿Otra excusa inverosímil? Es difícil de creer que pienses que el mismo timo puede funcionar dos veces.

–¿Timo? –repitió Tilda con una risa incierta–. ¿Qué timo?

–¿Te crees que hace cinco años no me daba cuenta de que te estabas aprovechando de nuestra relación? Era un timo montado para que tuviera compasión de ti y así me pudieras sacar dinero. Me ablandaste con tus historias mezcladas con lágrimas; después, tu madre me rogó que os protegiera a ti y a tus hermanos de que el diablo de tu padrastro os dejara en la calle y sin blanca.

Tilda lo miró horrorizada.

–¡No puedo creer que pienses eso de mi madre y de mí! Siempre te he dicho la verdad. No he tratado de sacarte dinero!

–¿Qué has hecho si no? No te hagas la sensible y refinada. ¿Por qué no miramos los hechos? Cuando te conocí, trabajabas en un club y bailabas en una jaula.

Los ojos turquesas brillaron con el color de la parte más caliente de una llama. La ira se incrementaba tanto en su interior que apenas podía respirar. Cerró las manos y apretó los puños.

–Me pregunto a dónde querrás llegar para sacar ese asunto. ¿Desde cuándo trabajar en un bar es lo mismo que ser prostituta? No era una stripper. Solo he bailado en una jaula una vez en mi vida un par de horas y tú nunca me vas a permitir que lo olvide –se acercó a él furiosa–. No debería haberme relacionado contigo. ¡Has sido perjudicial para mí desde el principio!

–El pasado no es el tema de la conversación...

–¿Excepto cuando tú lo decides?

Tilda estaba furiosa por la humillación que suponía

que el desagradable episodio de la jaula volviera a salir cinco años después y por que Rashad actuara como un extraño. Rashad, pensó de pronto, no había cambiado ni una pizca. Tenía la habilidad de recordarle siempre los peores momentos de su vida.

–¡No soy una persona inmoral, ni deshonesta, ni codiciosa y no lo he sido jamás!

Rashad estaba ligeramente sorprendido al comprobar que disfrutaba de aquello. Ella era la única mujer que se había atrevido a levantarle la voz y a discutir con él. En su momento, ese trato lo había irritado profundamente, pero en ese momento tenía que reconocer que le gustaba por la novedad y la debilidad que suponía. Con autodisciplina absoluta, alzó una ceja y preguntó en tono de broma:

–¿Es así?

–Por su puesto que es... –Tilda se pasó una mano temblorosa por unos mechones de cabello que le habían caído a la frente–. Por alguna razón has construido todo un desagradable escenario que nunca existió. Nunca ha habido ningún plan para sacarte dinero.

–Así que... ¿Por qué, en tu experta opinión, me he gastado medio millón de libras desde que te conozco?

Cuando Rashad mencionó la suma, la consternación dejó a Tilda sin respiración y sin carácter.

–¿Medio... millón de libras? –dijo en un susurro tembloroso.

–La venta de la casa, al menos permitirá recuperar parte de las pérdidas porque al menos se ha revalorizado –dijo Rashad con una tranquilidad que Tilda consideró terrorífica–. Pero asumo que la renta no se pagará nunca y el préstamo...

–No puede ascender todo a medio millón de libras –musitó Tilda conmocionada.

–Y a más. Esa es una estimación conservadora –dijo seco Rashad–. Me sorprende que todavía no conozcas la suma exacta. Creo recordar que tenías una cabeza para los números mejor que una calculadora.

El tono de la afirmación había sido suave, pero Tilda pudo reconocer el velado insulto que se ocultaba en ella.

—No he tenido acceso a toda la documentación.

—En tu papel de espectadora inocente, es lo natural —dijo Rashad—. Da lo mismo, pienso reclamar la totalidad de la deuda.

Al darse cuenta de que la situación se le escapaba de las manos, Tilda sintió pánico.

—No deberías. Si nos pudieras dar más tiempo...

—¿Hasta el milenio que viene?

—¿Por qué tienes una opinión tan mala de mí? —dijo Tilda con frustración—. Después de esto, entiendo que mi madre te parezca una aprovechada, pero si no me dejas que te explique por qué...

—Ciñámonos a los negocios —dijo Rashad con frialdad.

—De acuerdo. En un año espero estar completamente cualificada para ser contable.

Rashad alzó una ceja sorprendido.

—¡Qué novedad! Cuando estabas conmigo, solo hablabas de ser artista.

Tuvo en la punta de la lengua decirle que la necesidad de ganarse la vida y ayudar a su madre a sacar adelante a sus hermanos le había hecho abandonar ese proyecto. Había tenido que dejar la escuela de Bellas Artes y buscarse un trabajo, pero era un sacrificio del que no se arrepentía.

—Podré ganar un salario decente y empezar a pagar lo que te debemos —dijo Tilda con una urgencia que dejó entrever lo profunda de su preocupación.

—Hay un dicho: más vale pájaro en mano que ciento volando. Las promesas no me interesan. Si no tienes nada más concreto que ofrecer, no sé para qué has hecho tanto esfuerzo para tener esta reunión –dijo Rashad suave y frío como la seda–. Al menos, si no te hubiera conocido podría haberme quedado con la duda. Conociéndote como te conozco, sin embargo, sospecho que esperabas poder usar tu atractivo sexual como moneda de cambio.

Tilda estaba tan sorprendida por la injusta acusación que abrió la boca y la volvió a cerrar. El abrigo y las botas la cubrían desde la cabeza hasta los pies y ni siquiera llevaba maquillaje. No había nada provocativo en su aspecto. ¿Cómo pensaba él que debía haberse presentado? ¿Con la cabeza cubierta por una bolsa de papel y vestida con un saco? La indignación hacía brillar sus ojos.

–¿Cómo te atreves siquiera a sugerir algo así?

–Pero si eso es lo que haces. Hace cinco años tuviste mucho cuidado de negarme tu cuerpo y jugar la carta de la virgen para mantenerme interesado.

Mientras absorbía esas palabras, Tilda respiró tan profundamente que se sorprendió de no arder espontáneamente delante de él.

–Así que eso es lo que tú llamas ceñirse a los negocios...

La miró directamente a los ojos.

–Yo fui un asunto de negocios, al menos en lo que a ti respecta. Quisiste sablearme.

–¡Esto es indignante! –dijo con la respiración entrecortada.

–Pero cierto, sin embargo, y si no has venido para resolver lo de la deuda o al menos una parte sustancial de ella, ¿a qué has venido entonces? –preguntó Rashad con sequedad.

Tilda apretó los puños al ser consciente de que la había arrinconado y la había dejado sin escapatoria. Si le decía la verdad y reconocía que esperaba despertar su compasión explicándole la situación de su madre,

le daría la razón en lo de que recurría a historias lacrimógenas en su propio provecho. Apretó los dientes y
dijo:

—Esperaba que nos dieras más tiempo para pagar.

Rashad caminó hacia ella con una gracia que le recordó que lo primero que había notado en él era lo excitantes que eran sus movimientos. Al recordarlo, un
estremecimiento traidor le bajó hasta el vientre.

—¿En qué te basas para pedirme más tiempo? —sila-
beó Rashad—. Soy un hombre de negocios. Si no puedes reunir el dinero ahora, hay muy pocas posibilidades de que puedas hacerlo en el futuro.

—¡No te has comportado como un hombre de negocios cuando has comentado que no me acosté contigo
hace cinco años! —dijo de pronto Tilda, decidida a jugar la partida en los términos de él—. ¡Estás totalmente
predispuesto contra mí!

Rashad se acercó un poco más. Era mucho más
alto que ella, y Tilda se sintió intimidada por su proxi-
midad.

—No pierdas el tiempo tratando de apartarme del
tema. Te lo vuelvo a preguntar: ¿por qué estás aquí?

Un leve aroma a sándalo llegó a la nariz y la garganta de Tilda y eso la hizo caer en una espiral de recuerdos. Estaba tratando de evitar encontrarse con sus
ojos dorados, pero podía sentir su mirada, y era como
si el calor palpitara donde se detenía la mirada de él.
Sintió una pesada languidez que se instalaba en sus
miembros inferiores, se enroscaba en su vientre y enviaba señales de deseo a sus pequeños pero redondos
pechos.

—Por Dios, sabes perfectamente por qué estoy aquí
—arguyó casi sin respiración.

Tan cerca de él se sentía dominada, así que dio un
paso atrás.

Rashad estaba decidido a dejar al desnudo sus pretensiones de manipularlo. Redujo la distancia entre ambos.

—Desde mi punto de vista, parece que te has acercado a mí sin nada que ofrecer excepto a ti misma.

Un rubor caliente cubrió las mejillas de Tilda mientras empezaba a alzar la mirada. Era tan consciente de la fuerza de él que siguió apartándose sin ser consciente de lo que estaba haciendo.

—¿Qué demonios se supone que significa eso? –preguntó una octava más alto.

—No creo que seas así de ingenua.

Tilda lo miró con los ojos brillantes como piedras preciosas.

—¿Estás tratando de decir que yo iba a ofrecerte... sexo? –dijo en un jadeo.

Rashad sintió que se estaba divirtiendo ante la representación de virgen ofendida que estaba haciendo ella a la perfección.

—En ausencia de otra opción, ¿qué queda si no?

Ante la crueldad de la confirmación, Tilda sintió una oleada de ira y trató de abofetearlo, pero su víctima fue más rápida y la agarró de la muñeca antes de que llegara a su objetivo.

—No... ¡No tolero las rabietas!

—¡Suéltame! –gritó Tilda en un ataque de furia al sentir que había sido insultada y no había podido dar una respuesta.

—No hasta que te tranquilices –dijo Rashad sin soltarle la muñeca.

Estaba enfadado con ella, pero al mismo tiempo empezaba a experimentar una oscura excitación interior. Un deseo de lo que una vez le había sido negado, se dijo a sí mismo. ¿Por qué tenía que autocensurarse por lo que no era más que un impulso natural? Tenía una libido poderosa y ella era una mujer hermosa. Solo setenta años antes, su abuelo había disfrutado de un harén de concubinas. Por un segundo, Rashad se permitió imaginar cómo sería tener a Tilda a su entera disposición a cualquier hora del día. Para él solo. Las imágenes que acudieron a su cerebro fueron tan evocativas que le costó un gran esfuerzo apartarlas.

–¡He dicho que me sueltes! –Tilda estaba tan alterada por que la sujetara como si fuera una niña desobediente, que intentó darle una patada.

Después de evitar el nuevo intento de ataque, Rashad la soltó tan repentinamente que Tilda acabó chocando con un mueble que había tras ella. Con un grito, cayó sobre la mesa del café y aterrizó al otro lado con un golpe sordo.

–¿No va siendo hora de que aprendas a controlar tu genio? –preguntó Rashad con mirada oscura mientras la miraba caída sobre la alfombra. Se acercó a ella, se agachó y la ayudó a levantarse–. ¿Te has hecho daño?

–No –avergonzada por su pérdida de control, sacudió la cabeza.

Trató de disculparse, pero las palabras se le quedaron trabadas en la garganta. En ese momento, lo odiaba con pasión. Aunque solo tuvo que encontrarse con su mirada para sentir una severa oleada de anhelo que acabó con su orgullo.

Rashad observó su boca de frambuesa y recordó su suave y dulce sabor. Dejó vagar su imaginación mientras pensaba que por qué no hacía realidad la fantasía. Tilda a su entera disposición. Al relajar su férrea autodisciplina, sintió que el deseo incendiaba todo su musculoso cuerpo. A toda velocidad tomó una decisión. Se permitiría a sí mismo una debilidad con ella. Se permitiría cumplir con ella todos sus deseos hasta que se aburriera de esa rubia perfección.

¿Por qué no poseerla? ¿No era un tipo de justicia natural que tenía derecho a reclamar? ¿Por qué pensar en el honor con una mujer de esa reputación? Sabía lo que ella era. Seguía teniendo la seguridad de que había sido ella quien había destrozado sus sueños de juventud. Mientras habían estado juntos, ella le había mentido, lo había rechazado mientras se acostaba con otros hombres. Rashad había aprendido que uno debía olvidarse de sus principios al tratar con Tilda Crawford.

Consciente de la tensión que había en el ambiente, Tilda estaba temblando. Dio un paso atrás y sus caderas chocaron contra la pared. Apoyó los hombros contra ella.

—No te estaba ofreciendo sexo —dijo a la defensiva.

Rashad la miró con brillante intensidad.

—Es lo único que puedes ofrecerme.

El silencio era vibrante.

—¿Estás loco? —dijo ella apenas capaz de dar crédito a lo que Rashad acababa de admitir sin atisbo de vergüenza—. ¡No me puedo creer que lo digas en serio! ¿Sexo en lugar de dinero? ¿Cómo puedes insultarme hasta ese extremo?

—La mayor parte de las mujeres consideran un honor que les preste atención. La elección es tuya —la miró con los ojos entornados y le alzó la barbilla para que ella lo mirara—. Toma la decisión correcta y descubrirás que puedo cancelar la deuda y darte los más dulces placeres.

Tilda estaba sorprendida de que esa voz grave estuviera haciendo que se le secara la boca y sintiera mariposas en el estómago. Rashad inclinó la cabeza y Tilda sintió que el pulso le latía como un tambor por la anticipación. Una vocecita en su interior le dijo que se alejara, que alzara una mano para mantenerlo a distancia, que pusiera la cabeza fuera de su alcance. Oyó la voz, pero permaneció inmóvil. La boca de él se acercó a la suya lentamente, un lánguido sabor que desató en ella un torbellino de sensaciones que se había obligado a olvidar. Fue un beso apasionado. Sintió los pechos hinchados y oprimidos por la ropa. Un estremecimiento de deseo recorrió su delgado cuerpo hasta detenerse entre las piernas.

Tilda reaccionó a todas esas sensaciones con horror. Se apartó de él y farfulló:

–¡No, muchas gracias! ¡Gato escaldado del agua fría huye!

Rashad la miró con satisfacción.

–Así que aún puedes besar así...

–¡Deberías avergonzarte por tratarme de este modo! –le dijo furiosa.

Rashad miró su reloj y murmuró:

–Tengo otra cita ahora. Se te acaba el tiempo.

–Oh, no te preocupes... ¡Estoy bien! –Tilda dio la vuelta sobre los talones y abrió la puerta con una mano sudorosa.

Rashad le dedicó una sonrisa sardónica.

–No podías esperar de verdad que volviera a creerme las mismas historias.

Con el rostro encendido, Tilda se marchó.

Capítulo 3

TILDA volvió en tren a Oxford. Estaba conmocionada. Todo lo que había pasado en la reunión con Rashad la había afectado. Y lo que menos no había sido su propia reacción al beso. Su apasionada respuesta física la había recorrido como una riada y eso la ponía furiosa. Evidentemente odiar a Rashad no era ninguna defensa contra su persuasiva sensualidad. ¿Qué decía eso de su inteligencia y autocontrol?

En ese terreno, reconoció con amargura, nada había cambiado en cinco años. Rashad solo tenía que tocarla para encenderla de deseo. Pero nadie sabía mejor que ella que esa debilidad solo conducía al desastre. Su historia familiar lo demostraba. Su madre, tenía solo diecinueve años cuando se había quedado embarazada de ella y se había tenido que casar a toda prisa. Las desgracias de Beth no habían terminado ahí. A su marido le habían molestado sus nuevas obligaciones familiares. Era un ambicioso joven abogado que había sido un marido negligente y un padre ausente. Cinco años después, Beth se quedó viuda y se convirtió en un objetivo fácil para las promesas de devoción eterna de Scott. Locamente enamorada, Beth había concebido su tercer hijo a los pocos meses de iniciada la relación y se había lanzado de nuevo a un matrimonio de resultados mucho peores que el anterior.

Tilda reprimió un suspiro. Aunque se sentía culpable al reconocerlo, había tratado de aprender de los errores de su madre y había decidido que ningún hombre le haría perder la cabeza. En sus primeros años de adolescencia había mostrado escaso interés por los chicos. Un Scott bebedor, maltratador y mujeriego la había puesto en contra de todo el sexo masculino mientras hacía todo lo que podía para apoyar a su madre y a sus hermanos pequeños.

A los dieciocho años, en el último curso del instituto, cuando Scott le había dicho que le había conseguido un trabajo de jornada parcial como camarera en un club de un amigo suyo, se había sentido indignada porque ya tenía un trabajo de fin de semana en un supermercado. Desgraciadamente, cada vez que Tilda se había enfrentado a Scott, este había desatado su ira contra el resto de la familia. Después de una semana de continuas discusiones y de ver a su madre completamente angustiada, Tilda había cedido. Aunque reconocía que ganaría más dinero, sabía que las horas extra y el trabajo hasta tarde por la noche apenas le dejarían tiempo para estudiar los exámenes finales.

Desde el principio, Tilda había aborrecido la atención y las miradas que le dedicaban los clientes. El club atraía a profesionales de alto nivel, estudiantes adinerados y jóvenes malcriados que habían bebido demasiado y pensaban que las camareras eran chicas fáciles. Tilda pronto se dio cuenta de que el encargado solo contrataba chicas que fueran más atractivas de lo normal. Algunas de ellas se acostaban con los clientes regularmente como recompensa de los regalos y el dinero que recibían de ellos.

Tilda llevaba trabajando allí quince días cuando conoció a Rashad. Su atractivo la había dejado cautivada nada más verlo bajando las escaleras. Cuando había girado la cabeza y puesto esos ojos dorados en los de ella, había literalmente dejado de respirar. No había podido evitar seguirlo con la mirada y ver dónde estaba en cada momento con el objetivo de robarle otra hipnotizadora mirada. Cada vez que lo había mirado, había descubierto que él la miraba también. Aunque le resultaba violento, había sido incapaz de resistir la tentación.

Un tipo grande de pelo oscuro se había acercado a ella al final de la tarde.

—¿Te apetece venir esta noche a una fiesta? —le había preguntado con acento extranjero.

—No, gracias —había dicho llanamente y se había marchado.

—Me llamo Leonidas Pallis y tengo un amigo que quiere conocerte —dejó una tarjeta y un billete de cien libras en la bandeja que llevaba ella—. La fiesta empieza alrededor de la medianoche. Con eso podrás pagar el taxi.

—He dicho «no, gracias» —repitió con las mejillas encarnadas, le lanzó el billete y volvió a alejarse.

Un momento después, una camarera llamada Chantal fue a hablar con ella.

—Has hecho que Leonidas se enfade. ¿No sabes quién es? Es nieto de un magnate griego y está forrado. Da propinas increíbles y organiza fiestas impresionantes. ¿Qué problema tienes?

—No me interesa relacionarme con los clientes fuera del trabajo —podría haber dicho también que tenía clase al día siguiente, pero el encargado le había advertido que no dijera que aún iba al instituto porque eso podría dar mal nombre al club.

Cuando salió al aparcamiento a la hora del cierre, un número sorprendente de vehículos seguían allí. Oyó un fuerte ruido de risas masculinas. Se le cayó el corazón a los pies cuando vio al griego bebiendo de una botella y apoyado en un Ferrari con sus colegas. Después, vio a Rashad ir directamente hacia ella. Sintió pánico y se le quedaron los pies clavados en el suelo. Era tan increíblemente guapo que estaba hipnotizada por la belleza de sus facciones.

–Me llamo Rashad –dijo en un suave murmullo y le tendió una mano con una formalidad que la tomó por sorpresa.

–Tilda –dijo ella casi sin respiración, rozando ligeramente la punta de sus dedos.

–¿Puedo llevarte a casa?

–Iré con una de las chicas.

Sorprendentemente, Rashad sonrió como si esa explicación fuera perfectamente aceptable para él.

–Por supuesto, es muy tarde. ¿Me darías tu número de teléfono?

La carismática sonrisa le hizo sentir que sus defensas se desmoronaban.

–No, lo siento. No salgo con los clientes del club.

La noche siguiente, el encargado, Pete, la acorraló.

–Me he enterado de que anoche rechazaste a uno de nuestros nuevos clientes más importantes, uno que es miembro de la realeza –la acusó.

–¿De la realeza? –repitió Tilda con los ojos abiertos de par en par.

–El príncipe Rashad es el heredero del trono de Bakhar y de un montón de pozos de petróleo –dijo Pete con mirada iracunda–. Nuestros dos mejores clientes, Leonidas Pallis y Sergio Torrente lo han traído. Esos dos también están forrados. Se gastan miles de libras aquí y no quiero que una chiquilla estúpida los ofenda, ¿está claro?

–Pero si no he hecho nada.

–Hazte un favor: sonríe dulcemente y dale tu teléfono al príncipe.

Pete cambió la planilla de modo que en su siguiente turno Tilda atendió la mesa de los VIP. Ya que sabía quién era Rashad, se dio cuenta de que había unos guardaespaldas intentando sin éxito pasar desapercibidos. Incómoda por su condición de príncipe, trataba con todas sus fuerzas de sacarlo de su cabeza, pero él dominaba todos sus pensamientos y respuestas. Era como si un hilo invisible lo uniera a él; notaba hasta el más pequeño de sus movimientos. En comparación con él, sus compañeros resultaban inmaduros. Parecía ser el único del grupo dotado de modales y buena educación. No bebía en exceso, no hacía locuras, era siempre cortés. Además, era muy guapo, y Tilda no dejó de darse cuenta de que era el centro de las miradas de todas las chicas del local.

La noche que tropezó y tiró una bandeja de bebidas, todo cambió. Mientras sus alborotadores colegas se reían a carcajadas por el espectáculo, Rashad se puso en pie de un brinco y la ayudó a levantarse del suelo.

–¿Estás bien?

La mano de Tilda temblaba rodeada por la de él mientras lo miraba a los oscuros ojos enmarcados por pestañas del color del ébano.

–Cuando te has caído, se me ha parado el corazón –dijo en un susurro grave.

Ese fue el momento en el que pasó de sentirse simplemente atraída por su vibrante aspecto a estar completamente enamorada de él, pero aun así se soltó de su mano de un tirón, murmuró un «gracias» y desapareció a toda prisa. ¿Qué futuro tenía amando a un tipo que era solo un visitante ocasional de su país y, mucho peor, estaba destinado a ser rey? Sus dos amigos se le acercaron más tarde esa noche y le advirtieron de que las tímidas miradas que traicionaban su atracción por Rashad no habían pasado desapercibidas. Leonidas y Sergio prácticamente la habían acusado de ser una provocadora.

–¿Cuánto quieres por salir con él? –le exigió Leonidas sacudiendo un fajo de billetes delante de sus ojos.

–¡No eres lo bastante rico! –dijo disgustada Tilda.

Esa noche se fue a casa hecha un mar de lágrimas y allí se encontró con Scott, bebido, reprendiendo a su madre junto al encargado del club y quejándose de que ella no mostraba una actitud amigable con los clientes. El siguiente fin de semana, Pete le dijo que tenía que sustituir a una de las bailarinas de las jaulas que estaba enferma. Ella se negó. Temerosa de perder el empleo y harta de que todo el mundo la criticara, aceptó diciéndose que un bikini no mostraba más de su cuerpo de lo que se veía cuando iba a la piscina. Se convenció a sí misma de que en realidad todo el mundo miraba a las bailarinas como cuerpos que se movían para dar ambiente al local.

Cuando Rashad llegó, le llevaron una tarta de cumpleaños. Tilda aún recordaba el momento en que él se había dado cuenta de que era ella quien bailaba en la jaula: la conmoción, la consternación, el disgusto que no había sido capaz de disimular. En ese mismo instante, bailar en una jaula había pasado de ser lo que Tilda se había dicho a sí misma a ser equivalente a bailar desnuda en medio de la calle. Cuando Rashad se dio cuenta de que ella lo estaba mirando, salió corriendo de la jaula y se negó a volverse a meter. Chantal, más tarde, le dijo que había sido una trampa.

–Es el veinticinco cumpleaños del príncipe. Sergio y Leonidas pensaron que sería divertido que bailaras en la jaula. Pagaron a Pete para que te obligara.

Tilda nunca se lo había contado a Rashad. Contarle historias sobre sus mejores amigos no la hubiera llevado muy lejos. En lugar de eso, se echó la culpa a sí misma por no haber tenido valor y haberle dicho a Pete que no. Con los ojos enrojecidos por las lágrimas, se puso el uniforme y continuó con su labor habitual como camarera. Ya tenía una promesa de un trabajo a jornada completa durante el verano en la empresa de Evan Jerrold, con lo que se consolaba con la idea de que no le quedaba mucho tiempo de trabajar sirviendo copas. Por desgracia, el nuevo trabajo supondría que no volvería a ver a Rashad.

Cuando acabó su turno, salió del trabajo y se encontró con que el tiempo era húmedo y frío y que la chica que normalmente la llevaba se había ido a una fiesta sin decírselo. Temblando mientras llamaba a un taxi con el móvil, se quedó de una pieza cuando un Aston Martin plateado se detuvo delante de ella con un rugido. Rashad salió del coche y la miró detenidamente en silencio y Tilda supo que no le iba a decir nada porque hasta entonces siempre le había dicho que no. Era demasiado orgulloso como para volver a preguntar. Las lágrimas hacían que le escocieran los ojos; aún se sentía completamente humillada por haber accedido a bailar en la jaula.

Cuando Rashad rodeó el coche y se dispuso a abrir la puerta del acompañante, uno de sus guardaespaldas se acercó corriendo y lo hizo por él para evitar que realizara una tarea tan mundana.

–Gracias –dijo ella con voz ronca y se metió en el coche.

En ese momento, no era consciente de que había tomado una decisión. Simplemente no había sido capaz de reunir el coraje necesario para volverle a decir que no. Se dijo a sí misma que, si mantenía las cosas en un tono ligero como si fuera un romance de vacaciones, no sufriría.

–Tendrás que decirme dónde vives –murmuró Rashad tan tranquilo como si la llevara acercando a su casa meses.

–Feliz cumpleaños –dijo ella con voz temblorosa.

En los semáforos, Rashad la agarraba de la mano y casi le hacía daño de lo fuerte que lo hacía.

–En mi país, dejamos de meter a la gente en jaulas cuando se abolió la esclavitud hace cien años.

–No debería haber accedido a hacerlo.

–¿No querías?

–Claro que no... Además de por muchas otras razones, no soy bailarina.

–No vuelvas a hacerlo –le dijo Rashad con una autoridad innata y al instante ella deseó volverlo a hacer para demostrarle su independencia.

Tuvo que morderse el labio para no responderle con el tono desafiante que estaba acostumbrada a emplear con su padrastro.

Y así empezó una relación que atrajo una buena cantidad de comentarios desagradables por parte de los demás. Leonidas le dejó claro que él la consideraba igual que a las chicas de las secciones de contactos. Sergio, el italiano delgado y sofisticado que completaba el trío, parecía pensar igualmente que Tilda no merecía ser tratada con respeto, pero no era tan evidente su forma de demostrarlo. Si hubiera estado menos verde en lo que respecta a los vínculos que existen entre los hombres, se habría dado cuenta de que con enemigos tan poderosos como esos, su relación con Rashad estaba destinada a terminar en llanto.

Como el odioso Leonidas decía:

–¿Por qué no lo planteas en términos más sencillos? –le oyó preguntar una noche a Rashad–. Los chicos conocen a las chicas, los chicos se tiran a las chicas, los chicos dejan a las chicas. ¡No tengas un romance con una camarera!

Como decía su repugnante padrastro:

–Bueno, deberías agradecerme haberte conseguido ese trabajo que te va a permitir hacer fortuna. Dile que prefieres dinero a diamantes.

Le surgió la posibilidad de alquilar una habitación durante el verano en una residencia de estudiantes y la aprovechó para escapar de Scott y dejar el trabajo del club. Al mismo tiempo empezó su contrato temporal en el departamento de contabilidad de Jerrold Plastics. Las semanas siguientes fueron las más felices pero también las más tormentosas de su vida, porque Rashad pretendía marcar las normas como si fuera un comandante en jefe y no aceptaba bien los desacuerdos. Para Tilda era un auténtico reto conseguir que mantuviera las manos quietas, siempre que se sentía a punto de ser dominada por la pasión, la prudencia le hacía recuperar el control. Era virgen y bien consciente de que descendía de una familia de mujeres realmente fértiles. Estaba totalmente aterrorizada con la idea de quedarse embarazada. También pensaba que no teniendo relaciones sexuales completas sufriría menos cuando Rashad volviera a Bakhar.

Hasta que el tren no se detuvo en la estación, Tilda no consiguió librarse de todos esos recuerdos. Mientras esperaba el autobús, empezó a intentar ordenar lo que había sabido recientemente e hizo un gesto de dolor cuando las cosas empezaron a encajar. A pesar de que ella no tenía ni idea de ello, había habido toda una parte oculta en su relación con Rashad. La cuestión económica lo contaminaba todo: no solo por el vergonzoso endeudamiento de su familia, sino también por lo que parecía una descarada negativa a pagar la deuda. No sorprendía que con el paso del tiempo Rashad hubiera empezado a sospechar de sus motivos y hubiera podido llegar a la conclusión de que era una buscona dispuesta a sacarle todo lo que pudiera.

Sexo... «Es lo único que puedes ofrecerme». Aún ofendida por la frase, Tilda no podía encontrar ninguna excusa para semejante afirmación. Era evidente que eso era todo lo que había querido de ella siempre y el modo brutal en que la había abandonado apoyaba también esa idea. Se sentía orgullosa de no haberse acostado con él cinco años antes, pero rápidamente el falso coraje por el orgullo herido y la rabia empezaron a atenuarse al tener que afrontar la realidad. Empezó a bajar la calle en la que vivía aminorando el paso según se acercaba a su casa. Después de todo, ¿qué había conseguido? No había logrado nada con Rashad.

Él era duro, decidido y despiadado. Los sentimientos nunca se cruzaban en el camino de su autodisciplina. Era triste que la fuerza, la inteligencia y la tenacidad que había admirado una vez en él también hicieran de Rashad un enemigo de una efectividad letal.

Tilda salió de sus pensamientos al ver a su padrastro entrando en su baqueteado coche aparcado justo frente a su casa. Tilda se sorprendió porque nunca había demostrado el más mínimo interés por ver a sus tres hijos.

–¿Qué haces aquí? –preguntó consternada.

–¡Métete en tus malditos asuntos! –dijo Scott con tono y gesto agresivo.

Muy preocupada, Tilda lo miró salir disparado en su coche. ¿Por qué había ido a su casa? Había ido a una hora a la que sabía que su madre estaba sola. Fue directamente al taller de su madre. Beth estaba sollozando y la habitación estaba toda revuelta. Las cortinas estaban por el suelo y una silla estaba patas arriba. Lo más elocuente de todo era que el bolso de su madre estaba abierto encima de la tabla de planchar y había unas pocas monedas esparcidas alrededor.

–Me he encontrado con Scott en la calle. ¿Ha venido a quitarte dinero otra vez? –preguntó Tilda desesperada.

Beth se vino abajo y le contó con todo detalle toda la historia. Cuando Scott había descubierto unos años antes que Rashad era el propietario de la casa, había acusado a Beth de estafarlo con su parte de la propiedad. Casi desde ese mismo instante su madre había vivido atemorizada por sus amenazas y continuas exigencias de dinero. La rabia de Tilda se iba incrementando en la medida en que comprendía por qué su madre no había sido capaz de pagar la renta. Entre bastidores, Scott había seguido sangrando a su familia.

–Scott se llevó la parte que le tocaba cuando os divorciasteis. No tiene derecho a nada más. Te ha estado contando mentiras. Voy a llamar a la policía, mamá...

–No, no puedes hacer eso –la miró horrorizada–. Katie y James se morirían de vergüenza si detienen a su padre...

–No, se morirán de vergüenza por lo que ha estado pasando aquí, ¡por lo que has estado aguantando por ellos! El silencio protege a los maltratadores como Scott. No te preocupes... Yo me encargaré –juró furiosa consigo misma por no haber sospechado lo que estaba pasando.

El divorcio no había servido para deshacerse de Scott y trabajar para ganarse la vida nunca había sido su estilo.

Estaba colgando el abrigo debajo de la escalera cuado oyó al cartero. Se puso tensa al ver el conocido sobre marrón y lo recogió del suelo. Sí, como había temido era otra carta de los abogados de Rashad. Respiró hondo y abrió el sobre. El sudor le cubrió la frente cuando se dio cuenta de lo que era: una carta en la que se notificaba a su madre que debía abandonar la casa antes de catorce días. Como había retrasos en el pago de la renta, la propiedad iría al juzgado para recuperar la casa a final de mes.

Tilda se llevó la carta con ella al piso de arriba. No podía afrontar entregársela a su madre en ese momento. Desde la ventana miró a sus hermanas, Katie de diecisiete años y Megan de nueve que subían por la calle con los uniformes del colegio. James arrastraba los pies a su lado, un muchacho alto y larguirucho de catorce años que aún tenía que crecer y cambiar la voz. Su hermano, Aubrey, estudiaba cuarto de Medicina y llegaría a casa un poco más tarde. Tilda estaba muy unida a sus hermanos. Habían pasado demasiada infelicidad cuando Scott había convertido su vida en un infierno, pero habían permanecido juntos. Eran buenos chicos, trabajadores y sensibles. ¿Qué supondría para ellos perder su casa? Todo. Acabaría con la familia porque Beth con su agorafobia no podría soportarlo. Cuando Beth estallara, ¿qué pasaría? Aubrey tendría que dejar la carrera y a Katie le resultaría imposible estudiar y seguir sacando sobresalientes.

Solo había una salida, una forma de proteger a su familia del horror de verse en la calle: Rashad.

Rashad... y el sexo. Seguramente sería una decepción para él, cuyas conquistas solían aparecer en las revistas del corazón, descubrir que ella no tenía ninguna habilidad especial como amante. Solo ignorancia. Le vendría bien, pensó Tilda apretando los labios. El sentido común le decía que tendría que asegurarse primero de que cancelaba todas las deudas y el desahucio antes de que se acostase con él y comprobara que no había valido la pena renunciar a tanto dinero. Se vendería a cambio de dinero.

Recordó que, si no hubiera tenido tanto miedo a que le rompiera el corazón y al embarazo, se habría acostado con Rashad cuando habían salido. Habría sido distinto porque estaba realmente enamorada de él y pensaba que él sentía por ella algo más de lo que los hechos habían demostrado. ¿Sería capaz de acostarse con él sin sentir nada? Seguramente, otras mujeres lo hacían. No tenía sentido ponerse puntillosa con una realidad que demostraba que no tenía elección si quería evitar que su familia acabara en la calle.

De pie junto a la ventana, llamó a Metropolis Enterprises y pidió hablar con Rashad. Varias personas trataron de hacerle desistir y convencerla de que se conformara con hablar con alguien de menor nivel. Insistió recordando que había tenido ese mismo día una reunión con el príncipe y que se sentiría muy decepcionado si no recibía esa llamada personal.

Rashad estaba en una reunión cuando en su PDA apareció un mensaje. Tilda. Una sonrisa fría y lenta se dibujó en sus labios mientras atendía la llamada en su despacho. Así que el pez había mordido el anzuelo. Se sentía como un tiburón a punto de darse un festín. Finalmente era suya. Solo para su disfrute. A su disposición donde él decidiera y por cuanto tiempo quisiera. Él marcaría las reglas y ella no lo soportaría. Sus ojos dorados brillaron de anticipación. Se la imaginó recibiéndolo después de un largo viaje por el extranjero y al instante supo dónde la acomodaría. En algún sitio donde su tendencia a la infidelidad no pudiera ejercitarse. Un lugar discreto donde no tuviera otra cosa que hacer que dedicarse a ser su entretenimiento sexual. No se le ocurría un sitio mejor que el palacio de su abuelo en el desierto.

–¿En qué puedo ayudarte? –dijo Rashad arrastrando las sílabas.

Al instante Tilda deseó colgar el teléfono y darle una bofetada porque supo que él sabía para qué llamaba ella. Se tragó su orgullo con dificultad.

–Quiero aceptar tu oferta.

–¿Qué oferta?

–Has dicho que solo había una cosa que pudiera ofrecerte.

–Tu cuerpo –dijo Rashad saboreando cada sílaba–. A ti. Tendremos que reunirnos para discutir las condiciones.

–¿Qué condiciones? –protestó ella–. Solo quiero oír que la orden de desahucio no se va a cumplir.

–Reúnete conmigo mañana por la tarde en mi casa de la ciudad –le dio la dirección–. Hablaremos de los detalles de nuestra futura asociación. Vas a vivir en el extranjero. Eso te lo puedo adelantar –cuando Tilda iba a decir algo, alarmada por lo que acababa de escuchar, Rashad concluyó seco–. Será como yo diga.

Rashad dio por concluida la llamada. No se había comprometido a nada. Las reglas no serían negociables. Todo sería como él quisiera. Cuanto antes lo aceptara, mejor para ella.

Capítulo 4

EVAN Jerrold detuvo su elegante Jaguar en una plaza de una exclusiva zona residencial de Londres.

–Buena suerte –dijo en tono alegre.

–Gracias –Tilda abrió la puerta con una sensación de alivio. Mentir le hacía sentirse incómoda.

Evan se había ofrecido a llevarla cuando su madre había comentado que tenía que ir a Londres esa tarde. Al preguntarle por qué se tomaba una tarde libre en el trabajo, Tilda le había dicho lo primero que le había venido a la cabeza: que tenía una entrevista de trabajo. La excusa de un nuevo trabajo era la cobertura perfecta si Rashad seguía insistiendo con que tenía que marcharse al extranjero.

–Recuerda, te daré unas referencias excelentes. Volveré en una hora, supongo que ya habrás terminado –dijo Evan.

Tilda estaba avergonzada.

–No es necesario.

Evan le dedicó una sonrisa irónica.

–Si te llevo de vuelta a casa, tendré una excusa para ver a tu madre. No creas que no me he dado cuenta de que está baja de ánimo.

Salió del coche e hizo un gesto de dolor por su capacidad de observación. Agradeció que sus hermanos no fueran tan perspicaces. Subió los escalones hasta la impresionante puerta principal.

–¡Tilda! –gritó Evan desde el coche–. Se te ha olvidado el bolso.

Bajó los escalones corriendo para recogerlo, se disculpó y le dio las gracias en un segundo. Entró al recibidor de la casa acompañada por un sirviente que la invitó a sentarse en una enorme butaca. Se preguntó si el servicio de Rashad aún seguiría saludándolo cada vez que apareciera haciendo una genuflexión o una reverencia hasta tocar el suelo con la frente para demostrar su profundo respeto al heredero del trono. Un par de minutos después, un hombre barbudo de más edad se detuvo en seco al verla, una expresión de sorpresa atravesó su rostro de aspecto inteligente. Con una amabilidad exquisita hizo una ligera reverencia, pasó a su lado y desapareció.

Tilda fue llevada a una enorme sala del piso de arriba. Se alegró al ver que el sirviente hacía una reverencia en lugar de arrodillarse.

–Señorita Crawford, su alteza real.

Rashad la miró con unos ojos tan fríos como el hielo del Ártico. Iba vestida con una informal chaqueta gris y unos pantalones negros. Casi parecía alguien normal. Aunque esa ropa acentuaba su belleza y la gracia de su figura. Unos cuantos mechones indómitos se habían escapado y ocupaban el espacio de encima de las cejas, algo que hacía presagiar lo glorioso de su pelo cuando estuviera completamente suelto. Los recuerdos se avivaron y, con ellos, la excitación que, rigurosamente, Rashad sometió a control.

–Siéntate –dijo él en tono áspero.

Los ojos de Tilda brillaban como turquesas sobre las mejillas arreboladas por la brisa primaveral. Lo miró nerviosa. Él llevaba un soberbio traje gris marengo, una camisa blanca y una corbata de seda azul cobalto. Estaba increíblemente guapo. Y serio. Bueno, al menos eso era lo habitual, se dijo a sí misma para intentar recuperar un poco la confianza. Rashad con aire de reprobación no era algo nuevo para ella. Cuando había estado saliendo con él, se había sentido en ocasiones como si la estuviera sometiendo a un meticuloso programa de crecimiento personal. Sintió un calor incómodo, se desabrochó la chaqueta, se la quitó y se sentó rígida en una butaca de brazos.

–No ha sido de muy buen gusto hacer que te traiga tu amante –dijo Rashad en tono de burla–, pero sí muy en la línea de infantil desafío que esperaba de ti.

Tilda respiró hondo para mantener el control y centró su atención en los zapatos hechos a mano que llevaba él. ¿Infantil? Pensó en la orden de desahucio y la enorme cantidad de dinero a que ascendía la deuda y decidió que pocos insultos podrían ofenderla. Por otro lado, sí quería desmentir las falsas inferencias.

–Evan es lo bastante viejo como para ser mi padre. Una vez trabajé para él. Eso es todo.

Rashad le dedicó una impresionante mirada de valoración.

–Asististe con él a una cena y es rico.

–¿Cómo sabes tú lo de esa cena? Es amigo de la familia y necesitaba una pareja para el evento. Su saldo bancario no tiene nada que ver –los ojos le brillaban de rabia y resentimiento–. Me doy cuenta de que no te gusto y tienes una opinión de mí realmente mala, así que, por favor, explícame qué hago aquí.

–Mírate al espejo –dijo Rashad sin dudar.

Tilda había esperado que él negara que ella no le gustaba.

–¿Qué clase de tipo quiere tener una relación con una mujer que no le gusta?

–Define «relación».

Tilda se ruborizó hasta la raíz del cabello al descubrir que era extraordinariamente sensible a cada una de sus palabras y humillaciones. Había captado el mensaje: su único interés era físico.

–Hablaste de reglas –dijo ella cortante.

–Nada de otros hombres. Espero fidelidad total.

Tilda se sentía tan insultada por lo que traslucían sus afirmaciones que se puso de pie de un salto.

–¿Qué demonios te crees que soy? ¡Nunca he sido infiel a nadie!

Rashad dejó escapar una carcajada de desacuerdo.

–¡Sé que te acostabas con otros cuando saliste conmigo hace cinco años!

Tilda parpadeó y después clavó sus incrédulos ojos en el rostro de Rashad. Quedó consternada al comprobar que él realmente creía que era cierto lo que decía.

–¡No me puedo creer que me estés acusando de algo tan despreciable! ¿Por qué has decidido creer algo semejante sobre mí? Por Dios, ¿por qué iba a salir contigo y ver a otros tipos al mismo tiempo?

–Yo solo era alguien a quien sacar dinero.

Tilda apretó los puños.

–¿Entonces por qué no te eché el lazo la primera vez que pude?

–Poniéndome las cosas difíciles, me enganchabas más.

Tilda se dio cuenta de que llevaba mucho tiempo haciendo que cualquier inconsistencia de su conducta sirviera para apoyar lo que él pensaba. Había hecho que todo encajara.

–No me acosté con nadie más cuando salía contigo... ¿Cuál es tu problema, Rashad? ¡Estaba enamorada de ti! –le lanzó enfadada con él y consigo misma por sentirse herida por sus afirmaciones.

Ya le había resultado duro enfrentarse al hecho de que él la consideraba avariciosa, pero que pensara que era una fulana era como una bofetada en el rostro.

–Y quieres que me lo crea.

–¿Quiénes son esos hombres con los que se supone que me acostaba? –exigió ella furiosa.

–No le veo ningún sentido a hacer ahora un recorrido por tu mala conducta del pasado –dijo con un gesto que era más que de desdén.

Impertérrita, Tilda alzó la barbilla.

–Sin embargo, a mí me encantaría hacer ese recorrido, porque todo lo que has dicho es completamente falso.

–Esta discusión me aburre. Es una historia del pasado –Rashad descansó su mirada en el ovalado rostro de ella preguntándose qué querría conseguir con ese alegato de inocencia–. Naturalmente, yo he visto las pruebas de esas acusaciones.

–Bueno, yo también quiero ver esas pruebas.

–Eso no es posible. Tampoco quiero seguir hablando contigo sobre este asunto.

Tilda temblaba por el sentimiento de vejación.

–No puedes acusarme de algo así y luego negarme el derecho a defenderme.

La miró con los ojos entornados.

–Creo que puedo hacer lo que quiera. Si no te gusta, por supuesto, eres libre de marcharte.

Tilda se sentía tan herida que estaba al borde de ponerse a llorar de rabia. El oscuro poder de Rashad se le aparecía sólido como una roca y tan implacable como su expresión. No aflojaría. Su fuerza se había forjado con experiencias más duras de lo que ella podía siquiera imaginar.

Apretando los labios, Tilda volvió a sentarse en la butaca. Era un reconocimiento de la derrota, pero sabía que si emprendía una batalla contra él, perdería. Y con ella su familia. Rashad estaba convencida de que era una buscona y parecía evidente que lo llevaba pensando mucho tiempo. Ya sabía por qué la había abandonado de un modo tan brutal, pensó con amargura. Le gustara o no, tendría que guardar sus argumentos de defensa para un momento más propicio. Pálida como la pared y con un esfuerzo que la autodisciplina exigía, se cruzó de brazos.

–Las reglas –dijo inexpresiva.

–Te esforzarás por complacerme.

–¿Puedes explicar eso con más detalle? –exigió temblorosa.

–Nada de cosas a medias. Te diré lo que quiero y te esforzarás por dármelo –explicó Rashad con suavidad–. Decidiré dónde vivirás, lo que te pondrás, cómo te comportarás, todo lo que harás.

Una esposa sumisa, pero sin anillo, pensó Tilda. Una mascota a la que poder llevar de la correa siempre. Se sintió horrorizada ante la perspectiva de tener que entregar las riendas de su vida a Rashad, pero no le sorprendían las expectativas de él: decirle a la gente lo que tenía o no tenía que hacer era algo muy propio del futuro rey de Bakhar. Por desgracia, para Tilda todo aquello no resultaba tan natural. Mientras que en otras áreas de su vida no había tenido muchos problemas en aceptar la autoridad, un fuego de rebelión había prendido dentro de ella cinco años antes cuando Rashad la había abandonado.

–Creía... creía que solo querías acostarte conmigo –dijo Tilda en un murmullo–. No creo que sea para tanto.

–Cuando el placer se aplaza, se disfruta más –Rashad se dio cuenta de que Tilda arañaba compulsivamente la tela que le cubría el regazo.

No podía ocultarlo. Aquello no se ajustaba a la imagen que tenía de ella y eso lo desasosegaba.

«No creo que sea para tanto». Estaba sorprendido por un comentario tan poco seguro y la implicación que se deducía de él de que el sexo para ella no era algo tan excitante. ¿Cómo era posible que una mujer con su experiencia resultara al mismo tiempo tan ingenua? Lo más seguro era que estuviera intentando manipularlo para ganarse su compasión. ¿Había en ella algo que fuera real? ¿Era todo lo que decía parte de una actuación pensada para engañarlo? En su momento, se había hecho tan bien la inocente, dando marcha atrás para asegurarse de que él viviera atormentado por la pasión y el deseo de ella. Ese recuerdo incrementó la rabia y la amargura que había mantenido controladas durante cinco años. La había deseado como no había deseado nunca a una mujer.

–Da lo mismo –murmuró Tilda, asqueada de la fría entonación de Rashad y preguntándose qué había ocurrido con su lado más conservador. Aquello, en el pasado, le había hecho diferente de sus amigos.

Sin duda, esas civilizadas sutilezas habrían desaparecido hacía mucho tiempo arrastradas por la ola del sexo licencioso del que seguramente habría disfrutado desde que la había abandonado. ¿Cómo se atrevía a acusarla de infidelidad cuando la había traicionado? Lo odiaba por haber arrastrado su dignidad por el polvo. Lo odiaba por haberla juzgado tan mal, por su decisión de tener siempre la última palabra. Realmente lo odiaba.

–Por otro lado, creo que no hay ninguna razón por la que no me puedas dar un adelanto de lo que puedo esperar de ti –dijo Rashad con un timbre de seda en la voz.

Tilda alzó la cabeza y lo miró consternada.

–¿Un... adelanto? –farfulló.

–Creo que me entiendes perfectamente.

Tilda se quedó helada. Era una prueba, estaba segura. No podía creer que esperara que se acostara con él en ese momento. Su mirada temblorosa se encontró con la de él.

Tilda notaba en su rostro el calor de la dorada mirada de él. Sintió que el corazón le latía con fuerza dentro del pecho. Estaba en un estado de alerta tal que le costaba respirar y sentía la boca seca. Era terriblemente consciente de lo hinchados de sus pechos y de la tensión de los pezones. Un calor líquido se extendía como un torbellino de miel por la zona de la pelvis. Se removió en el asiento de pronto incapaz de permanecer quieta, sintiendo crecer el conocido deseo como una maldición capaz de quebrar sus contenciones y romper todas las barreras.

–Ven aquí... –exigió Rashad con voz ronca, agarrándola de la mano y tirando de ella para que se pusiera de pie.

Antes de que Tilda pudiera siquiera intentar resistirse a él, la reclamó suavemente con los labios y un leve rugido de deseo. El calor, la insistencia de su boca apoyada en la de ella, le producía una conmoción. No le dio oportunidad de negarle a su lengua el acceso al suave interior de la boca, lo que desató en ella una violenta reacción. Su pulso se desbocó. Todos sus sentidos se tambalearon. Su sabor era adictivo. Alzó las manos hasta apoyarlas en los anchos hombros, en principio para mantener el equilibrio, pero después para estar más cerca de él. Sus dedos se agarraron a la chaqueta como si necesitara ese apoyo para mantenerse de pie en medio de ese embriagador mundo de seducción que la cautivaba. Cada beso la hacía desear frenética el siguiente. Rashad le levantó el suéter y apoyó una mano en uno de sus redondos y exuberantes pechos. Apartó la tela del sujetador y le rozó un pezón. Tilda gimió de excitación. Las rodillas se le doblaron. Notaba una franja de tensión en el vientre, una tormentosa sensación de necesidad que hacía que se apretara contra él buscando alivio.

Rashad la agarró de las caderas para colocarla más cerca del creciente calor de su deseo. Estaba tan duro como el acero. Ella no se resistía a ninguno de los movimientos que él hacía. Experimentó una sensación de triunfó. Recordó cómo hacía años había sido tan fría como una estatua de mármol entre sus brazos. Se inclinó y la levantó en brazos. Cuanto antes satisficiera su deseo por aquel cuerpo perfecto, mejor. Ella tenía la moral de una gata callejera. ¿Por qué iba a esperar?

Tilda jadeó en busca de oxígeno. Temblando como una hoja en medio de un huracán, abrió los ojos y los enfocó sobre el hermoso y oscuro rostro de Rashad. La llevaba en brazos como si pesara menos que una muñeca.

–¿Adónde vamos? –preguntó ella.

Rashad abrió una puerta de un puntapié. Tenía citas, por no mencionar una reserva para volar a Nueva York. No le importaba. Por una vez en su vida iba a hacer lo que quería hacer, no lo que debía. La quería a ella en ese momento, no quería esperar siquiera una hora. ¿No había esperado ya cinco años? La dejó encima de su cama y soltó la pinza que le sujetaba el pelo. Hundió las manos en la masa de su cabello y después las deslizó por sus delgados hombros.

Sorprendida de encontrarse en una cama cuando unos minutos antes estaba a salvo en un salón, Tilda lo miró con los ojos abiertos de par en par. El Rashad que recordaba nunca la había besado de ese modo, ni la había llevado a un dormitorio sin dudarlo. La había tratado con respeto y contención. Estaba asombrada por el cambio que se había operado en él. Aunque solo brevemente privado de sus caricias, su cuerpo se retorcía con una sensualidad tal que casi le dolía.

–Rashad...

Rashad se desabrochó el pantalón con aire decidido. Sus abrasadores ojos dorados se clavaban en ella con intensidad.

–Aquí, en mi cama, sellaremos nuestro nuevo acuerdo.

–¿Ahora? –dijo Tilda, horrorizada por semejante declaración de intenciones.

Prefirió no pensar en cómo su entusiasta respuesta a la pasión de él podía haberlo animado a creer que estaba dispuesta a disfrutar de una aperitivo sexual de media mañana.

—Quiero decir, ¿aquí y ahora?

Rashad la observó con una fuerza imponente.

—Es mi deseo —dijo.

Estaba peligrosamente acostumbrado a que se cumplieran sus deseos de inmediato, pensó Tilda aturdida. Estaba aún luchando consigo misma para aceptar convertirse en el entretenimiento de Rashad, en su posesión, su juguetito, y se encontraba con aquello. De pronto el peso de todas esas expectativas fue demasiado como para hacerle frente en ese momento.

—¡No puedo! —dijo ahogada—. Ahora no, aquí no.

Rashad no había considerado esa posibilidad. Apretó una mano en un gesto de frustración y después la volvió a soltar. La punzada de la excitación sexual era tan afilada que casi producía dolor.

—Entonces, tendremos que esperar hasta que llegues a Bakhar.

Tilda se ruborizó hasta la raíz del cabello cuando se dio cuenta de que él había malinterpretado su arrebato. Bajó la cabeza consciente de que no iba a sacarlo de su error y se preguntó si eso la convertía en una tramposa. Como una de esas mujeres que fingían constantemente sufrir dolores de cabeza. Pero antes de que pudiera dejar que sus pensamientos vagaran en esa dirección, lo último que había dicho él se asentó en su cabeza. Lo miró a los ojos.

—¿Piensas llevarme contigo a Bakhar?

—Tengo un palacio en el desierto. El harén está hecho a tu medida.

Rashad estaba pensando con una satisfacción salvaje en Tilda en el Palacio de los Leones, aislada, alejada de las tentaciones del resto del mundo y obligada a depender solo de él para tener compañía y diversión. Pronto lo descubriría ella. Sería su proyecto más personal. No habría más mentiras, más engaños ni fingimientos.

Ofendida y convencida de que le estaba gastando una broma pesada, Tilda se escabulló de la cama y huyó tratando de no mirarlo. Se detuvo al llegar a la puerta.

–Ya sé que me estás tomando el pelo. Me contaste una vez que en Bakhar ya no había harenes.

Rashad la miró con gesto sardónico disfrutando de su incredulidad y de la punzada de pánico que ella no era capaz de ocultar. Era una pequeña recompensa en comparación con la decepción sexual que acababa de sufrir. Otra vez. No tenía sentido que lo animara tanto para dejarlo siempre sin culminar. ¿Pero no era eso algo típico de ella? Dejarlo atisbar el provocativo sabor de su exquisito cuerpo para atormentarlo.

–Me refiero a que sé que eres demasiado civilizado para tratarme como a una concubina... o algo así –dijo Tilda con una voz tensa apenas audible.

–Mi abuelo tenía cientos de concubinas. No hablamos de eso. No es políticamente correcto en estos tiempos. Pero en la casa real siempre ha habido concubinas. La mayor parte de ellas eran regalos de sus familias. Se consideraba un honor entrar al harén real y una buena forma de ganarse el favor de la familia reinante –confesó Rashad en tono perezoso, mirándola abrir desmesuradamente los bellos ojos y la boca–. Yo tendré que conformarme solo contigo, pero piensa en todas las atenciones con que contarás. Al menos no tendrás que compartirme ni que competir con otras mujeres.

–No voy a ser la concubina de nadie, y menos la tuya –gritó Tilda, abriendo la puerta de un empujón y saliendo al pasillo.

Rashad, que nunca había pensado en sí mismo como un hombre imaginativo, se imaginó a Tilda vestida con algo casi transparente reclinada en una de las camas del Palacio de los Leones, contando las horas que faltaban para que él fuera a visitarla. Encontró esa imagen mental tan atractiva que tuvo que hacer un gran esfuerzo para abandonarla y considerar los aspectos prácticos. ¿Cuándo había vivido alguien por última vez en el viejo palacio? Tendría que mandar un ejército de criados al antiguo edificio y reformarlo desde la cubierta hasta los cimientos para poderlo ocupar. Sería un trabajo enorme. Su personal estaría extremadamente ocupado.

–¿Cuánto tiempo piensas que me quede en Bakhar?

–Mientras yo siga queriendo acostarme contigo – dijo Rashad abriendo la puerta del salón.

–Si accedo... –dijo Tilda tragando

–Ya has accedido.

–Tienes que cancelar el crédito y poner la casa a nombre de mi madre.

Sus coloristas ensoñaciones sucumbieron a la evidencia del agudo sentido financiero de Tilda. La miró con ojos duros.

–¿Crees que vales tanto?

Tilda se prometió a sí misma que algún día, de algún modo, se vengaría de lo que le estaba haciendo. Pálida como una muerta, se agarró las dos manos y se cubrió la mirada de rabia.

–Eso tú lo sabrás –dijo llanamente–, pero si quieres que me entregue en cuerpo y alma y renuncie a toda mi vida solo Dios sabe cuánto tiempo, necesito saber que mi familia va a estar perfectamente mientras yo estoy lejos.

–Habló la mártir –murmuró Rashad con desprecio.

Tilda se contuvo y no reaccionó a un comentario tan incendiario.

–¿Cuándo detendrás el proceso de desahucio?

–El día que llegues a Bakhar. Eso te dará unos diez días para que te organices.

–¡No puedes hacerlo así! –lo miró con gesto reprobatorio.

–No confío en ti, así que mantendré la presión. No habrá ninguna oportunidad de renegociar buscando condiciones más favorables o lucrativas, ni tendrás oportunidad de romper el acuerdo –miró por la ventana y vio el lujoso Jaguar que la esperaba. Se volvió hacia ella y la miró con fría intensidad–. Mientras tanto, tendrás que ser cuidadosa y comportarte lo mejor posible.

–¿Comportarme lo mejor posible? –frunció el entrecejo–. ¿De qué estás hablando?

–Tu amante ha vuelto a buscarte, pero no puedes volver a subir a su coche, ni quedarte a solas con él ni con ningún otro hombre. Soy un tipo muy desconfiado y te tendré vigilada desde el momento que salgas de esta casa hasta que llegues a Bakhar. Si hay el más mínimo atisbo de un flirteo o de una conducta reprobable, romperé el acuerdo y el desahucio seguirá adelante.

Tilda lo miró con muda incredulidad.

–Me estás asustando.

–Te estoy advirtiendo de que, si me engañas, sufrirás las consecuencias. Líbrate ahora de tu anciano chófer. El reloj ya está en marcha –murmuró Rashad con una frialdad letal.

Tilda rebuscó en el bolso, sacó el móvil y llamó a Evan a toda prisa. Le dijo que le faltaba aún bastante tiempo para salir y que no tenía ningún sentido que la esperase.

–Excelente. Siempre he estado convencido de que con la dirección adecuada te parecería muy fácil seguir las instrucciones –dijo Rashad arrastrando las palabras.

Tilda se estremeció de rabia y frustración. Se sintió como en medio de un tornado y luchando por encontrar la salida. Pero no se atrevía a explotar; no se atrevía a ofenderlo u oponerse a él porque tenía el poder de hundir a su familia. Deseaba decirle cuánto lo odiaba, pero en su lugar, el odio hervía a borbotones en su interior y tenía que aguantarse.

Alguien llamó a la puerta, entró y se dirigió a Rashad en su lengua.

–Tengo que irme al aeropuerto –dijo Rashad–. Haré que te lleven a casa. Estaremos en contacto para posteriores instrucciones.

Tilda alzó la cabeza y lo miró con el ardiente azul de sus ojos.

–Sí, su alteza real. ¿Algo más?

–Me aseguraré de hacértelo saber –desde su postura de poder y autoridad, sin siquiera notar su silenciosa hostilidad, Rashad le dedicó una mirada de fría satisfacción.

Desde la ventana del salón, Tilda lo vio subirse a una enorme limusina negra. Diez minutos más tarde, estaba en el Mercedes que había ordenado que la llevase a casa. Tilda se concentró en la historia que contaría a su familia. Ensayó una sonrisa refrescante y una voz alegre. Su total rendición no serviría para nada si su madre sospechaba lo más mínimo.

–Tengo grandes noticias, Rashad me ha ofrecido un trabajo impresionante –dijo a su madre en cuanto entró en casa–. Me pagará lo bastante como para poder liquidar la deuda que tenemos con él.

Beth al principio estaba atónita, pero su palpable alivio pronto silencio sus preguntas.

–¡Por supuesto! Fuiste la mejor del curso de contabilidad, así que Rashad tendrá una empleada de primera. Me alegro tanto de no haberme equivocado con él. Siempre he creído que era un joven decente y digno de confianza –dijo Beth llena de felicidad–. ¿Dónde vas a trabajar?

–En Bakhar.

–Oh, Dios mío, ¡el nuevo trabajo será en el extranjero! Debería haber pensado en esa posibilidad –exclamó su madre–. Te vamos a echar mucho de menos. ¿Estás segura de que te viene bien esto?

–Claro, totalmente –Tilda seguía sonriendo aunque le empezaba a doler la mandíbula.

Su supuesto nuevo empleo fue el único tema de la cena esa noche. Como ninguno de sus hermanos estaba al tanto de la difícil situación económica de la familia, lo que todos asumieron fue que Tilda había conseguido el trabajo de sus sueños.

–Supongo que trabajar en el extranjero será un buen cambio para ti –comentó Aubrey, su hermano, antes de subir al piso de arriba a estudiar.

Era excepcionalmente inteligente y, como muchas personas intelectualmente brillantes, completamente ajeno a los aspectos prácticos de la vida.

–Vas a poder ganar una fortuna libre de impuestos en Oriente Medio –dijo su hermano James.

–¿Tendrás que ir a trabajar en camello? –preguntó la pequeña, Megan, llena de esperanza.

Su otra hermana, Katie, estaba más pensativa y menos convencida por la aparente normalidad que había en la superficie. Cuando las hermanas estuvieron listas para irse a la habitación que compartían, los ojos de la adolescente eran un mar de confusión.

–¿Cómo ha sido volver a ver a Rashad? ¿No lo odiabas?

–No. Lo he superado hace mucho tiempo –dijo Tilda en un susurro para no despertar a Megan.

–Pero no has salido con nadie después de él.

Tilda giró el rostro hacia la pared y apretó con fuerza los ojos.

–Eso no tiene nada que ver con Rashad. Me refiero a que las relaciones son como son... –murmuró–. He tenido algunas citas... pero no han llegado a nada.

–Porque no te interesaban... los hombres siempre son...

–No he tenido tiempo para los hombres.

–Tenías tiempo para Rashad cuando andaba por aquí.

Las lágrimas pendían de las pestañas de Tilda. Trató de tragarse el dolor que le oprimía la garganta y de decirse que no fuera tan estúpida. Se pasó la mitad de la noche despierta pensando cómo se organizaría su familia para hacer la cantidad de cosas que ella hacía normalmente. Era consciente también de que tenía que dejar resuelto el tema de Scott. Esas dos preocupaciones dejaban en un segundo plano el problema de cómo iba a manejar a Rashad.

A la mañana siguiente, dio el preaviso en el trabajo y, al final de la jornada, se fue en autobús a casa de su padrastro.

–¿Qué quieres? –preguntó de mala manera Scott desde el umbral de la puerta.

–Si vuelve siquiera a intentar sacarle dinero a mi madre otra vez, te denunciaré a la policía –dijo Tilda–. Si amenazas o haces daño a cualquier miembro de mi familia, también iré derecha a la policía, así que ¡déjanos en paz!

La oleada de insultos y el resentimiento con que le contestó Scott la convenció de que la advertencia lo había asustado lo bastante como para mantenerlo alejado. Como la mayoría de los maltratadores, Scott normalmente evitaba a las personas que le plantaban cara y concentraba sus agresiones en las personas con caracteres más blandos.

Estaba esperando otro autobús cuando sonó su móvil.

–Pensaba que tu padrastro ya era historia –señaló la voz de Rashad con cristalina claridad.

La sorpresa casi hizo a Tilda dar un salto.

–¡Pensaba que estabas en Nueva York!

–Lo estoy.

–Entonces ¿cómo sabes que he estado en su casa?

–Mi equipo de seguridad te está vigilando. Te he dicho que no te quitaría la vista de encima –dijo Rashad arrastrando las silabas–. ¿Por qué has ido a ver a Morrison?

Tilda recorrió con la mirada la calle de arriba abajo. Tenía tanto tráfico como cualquier zona residencial a esa hora. Pero no había ninguna señal ni otra cosa que atrajera su atención de un modo particular; si la hubiera habido, estaba del humor adecuado para decirle cuatro verdades.

–No es de tu incumbencia. No puedo ni imaginarme por qué te tomas el trabajo de poner fisgones tras mi pista.

–Nada es demasiado cuando se trata de mi concubina favorita.

Con una sonrisa de diversión en su hermosa boca, Rashad se recostó en el respaldo de la silla de su despacho y escuchó el furioso clic que interrumpía la llamada. Sentía una potente descarga de adrenalina cada vez que veía o hablaba con Tilda. La verdad era que eso lo perturbaba...

Capítulo 5

SE abrió la puerta del Mercedes. El chófer hizo una reverencia y los guardaespaldas se colocaron en sus posiciones. Con el corazón latiéndole a toda velocidad, Tilda salió del coche y entró en el hotel esforzándose por parecer indiferente ante todas las cabezas que se dieron la vuelta para mirarla. Por suerte el ascensor estaba libre. Un momento después, la llevaron a una opulenta suite donde la esperaba un completo cambio de ropa.

Le sudaban las manos mientras se desabrochaba la chaqueta del traje pantalón azul marino que llevaba puesto. Se desvistió con cuidado. Salir de su casa la había trastornado y mantener la alegría había sido un reto. Era su segunda visita a ese hotel de Londres. La primera había sido una semana antes: durante un par de horas le habían tomado medidas para hacerle ropa nueva. En las dos ocasiones la excursión la había organizado una anónima voz telefónica. Todavía no sabía cuándo volaba a Bakhar. No había vuelto a hablar con Rashad. Por mucho que no tuviera especial interés en mantener contactos innecesarios con él, ese silencio lo único que había conseguido era incrementar su aprensión sobre el futuro.

Se puso la lencería de seda y encaje fino. Todas las prendas le quedaban perfectas. Nunca había conocido a nadie que llevara medias. A ella le gustaba la ropa interior sencilla y cómoda, no la pensada para presentar el cuerpo de la mujer como algo provocativo. El sujetador y las bragas no cubrían nada. A pesar del calor que hacía en la habitación, se estremeció. Se puso el bonito vestido azul y deslizó los pies en los delicados zapatos de tacón. Estaba a punto de ponerse la chaqueta a juego cuando sonó un móvil que había encima de la cama.

Después de un momento de duda, respondió.

–¿Hola?

–Suéltate el pelo –murmuró Rashad con voz ronca.

–De acuerdo –dijo Tilda con voz ahogada.

–El teléfono es para ti. Es muy seguro. Ponte las joyas. Estoy deseando verte en el aeropuerto –colgó.

Moviéndose con el mismo entusiasmo que un autómata, Tilda metió el móvil en el bolso que había encima de la cama. Había una caja de joyas encima de la mesa del vestidor. La abrió y abrió los ojos de par en par al ver el juego de pendientes y colgante hechos de platino y diamantes. Con las manos temblorosas, se puso los adornos. Se soltó el pelo y buscó un peine. A Rashad siempre le había gustado su pelo. Un temblor le recorrió el cuerpo. En ese instante se sintió tentada de cortarse el pelo a trasquilones.

¿Pero cómo reaccionaría su príncipe del desierto? ¿No se suponía que su pelo era su mayor atractivo? A lo mejor, si se rapaba, la rechazaba en el mismo aeropuerto. No era un riesgo que pudiera permitirse correr. Se colocó el pelo y se puso el abrigo. Su reflejo en el espejo le pareció artificial: el conservador atuendo con las llamativas joyas le daban un aire de mucho estilo. En la superficie parecía una dama, se concedió con amargura, pero ambos, ella y, sobre todo, él, sabían que bajo aquella ropa iba vestida como su concubina favorita.

Fue hasta Heathrow en una enorme limusina de cristales tintados. Caminaba por la terminal del aeropuerto cuando alguien la llamó por su nombre. Se detuvo sorprendida, volvió la cabeza y al instante se convirtió en el objetivo de las cámaras y de gente que corría. Mientras le gritaban toda clase de preguntas, el equipo de seguridad se desplegó alrededor de ella.

–¿Cómo se siente al ser la última dama del príncipe?

–Mire hacia aquí... Déjenos hacer unas fotos de las joyas...

–¿Viaja a Bakhar a conocer a la familia real? –gritó una mujer que trotaba a su lado apuntándola con un micrófono–. ¿Es verdad que se conocieron cuando el príncipe estudiaba en Oxford?

Molesta por la atención y las indiscretas preguntas, Tilda casi echó a correr e inclinó hacia abajo la cabeza para evitar que le hicieran fotos. Otros dos guardaespaldas llegaron en apoyo de sus asediados compañeros y entre todos consiguieron sacarla del corredor y meterla en una sala privada.

Sus ojos se encontraron con los de Rashad. Aunque en sus dorados ojos encontró el habitual gesto de desinterés, Tilda sintió una descarga como si hubiera metido los dedos en un enchufe. Rashad hizo un gesto con la cabeza para que ella se acercara. Hubiera preferido quedarse donde estaba. Por otro lado, no quería correr el riesgo de que le diera una orden delante de todo su personal, que, por cierto, estaba todo agrupado en un rincón teniendo mucho cuidado de ni hablar ni mirar en la dirección que ellos estaban.

–Me ocuparé de todo esto en cuanto embarquemos –su tono grave tuvo el mismo efecto que el chasquido de un látigo.

La sensación de intimidación de Tilda fue borrada por una oleada de fastidio. Allí estaba ella, envuelta y presentada de pies a cabeza como su alteza real había ordenado. Había hecho exactamente lo que se le había dicho. No había cometido ni el más mínimo error.

¿Qué pasaba con él? ¿Nunca estaba satisfecho? Su vida prometía ser un infierno el tiempo que durara su relación, pensó amargamente. Pero rápidamente pensó en que la recompensa sería que, en menos de veinticuatro horas, la amenaza que se cernía sobre la estabilidad de su familia estaría conjurada.

Miró a Rashad por debajo de las pestañas y sintió en su bajo vientre una sacudida que la puso furiosa. Era guapo hasta quitar la respiración. Además había algo más imponente que la mera presencia física, algo que la atrapaba y hacía que deseara mirarlo una y otra vez. Cinco años antes, se había enamorado desesperadamente de él. Sintió un doloroso impacto al recordarlo. No, se dijo a sí misma, nunca más se volvería a permitir sentir ternura por él. No podía permitirse volver a ser tan vulnerable.

El avión privado era enorme y el interior tan suntuoso que Tilda se quedó sin respiración. Se sentó en un asiento extremadamente cómodo y se sujetó para el despegue mientras le daba vueltas a lo que podía haberle molestado. ¿Sería el interés que la prensa había mostrado por ella en el aeropuerto? Bueno, eso no podía considerarse culpa suya. Era un mujeriego fabulosamente rico y además de la realeza. Los paparazis lo adoraban y lo seguían por todo el mundo. Su vida social llenaba las páginas de las revistas del corazón y, ocasionalmente, incluso llegaba a los titulares.

En cuanto el avión abandonó la pista, Rashad se desabrochó el cinturón de seguridad y se levantó del asiento.

—Ahora responderás a mis preguntas.

Tilda, que solo había volado un par de veces en su vida, aflojó los dedos que tenía clavados en los brazos del asiento y abrió los ojos.

—¿Cuál es el problema? —preguntó sacudiéndose el pelo—. No he hecho nada y me siento como si estuviera en un juicio.

Rashad la miró detenidamente con gesto desconfiado. No podía recordar la última vez que había estado tan cerca de perder el control. Sus ojos azul turquesa lo miraban con absoluta inocencia.

–¿Por qué has filtrado a la prensa nuestros planes
de viaje?

Tilda parpadeó mientras consideraba todas las posibles ramificaciones de aquella pregunta.

–Ahora, limítate a escucharme –dijo ella mientras
luchaba furiosa por desabrocharse el cinturón de seguridad.

Rashad se agachó para estar a la misma altura que
ella.

–No, escucha tú –dijo en tono de advertencia–. Si
gritas, te oirán y molestarás a mi personal. La imperti-
nencia y la descortesía no gustan nada en Bakhar.

Aún atada, Tilda temblaba de rabia e irritación.

–Eres la única persona que me hace sentir así...

Rashad desabrochó el cinturón de seguridad que la
ataba con un sencillo movimiento de la mano.

–Eres autoritario. Soy la única persona que te hace
frente.

Tilda se levantó y se marchó al otro extremo. Estaba ruborizada, se dio la vuelta antes de recordar que
era de mala educación darle la espalda.

–También eres la única persona que me hace constantemente blanco de acusaciones injustas. ¿Seguro
que no es una excusa para perder los estribos? –le dijo
con vehemencia con los puños apretados–. Nunca he
tenido contacto con la prensa. No tengo ni idea de
cómo se filtra algo.

Rashad la miró detenidamente.

–Eso no puedo aceptarlo. Hace cinco años los paparazis apenas sabían de mi existencia y nadie me
asoció contigo en ningún medio. Pero hoy, incluso
aunque no he aparecido en público contigo, los papa-

razis te estaban esperando. Te han identificado y han hecho referencia a nuestro pasado común. ¿Quién si no podría haberles dado todos esos detalles?

–¿Cómo quieres que lo sepa? ¡Yo no he sido! –protestó Tilda.

–Tarde o temprano, tendrás que decirme la verdad –dijo Rashad con resolución–. Las mentiras todo el tiempo, me resultan inaceptables.

Tilda apretó los dientes.

–No te estoy mintiendo. ¿Por qué iba a llamar a la prensa? ¿Te crees que me siento orgullosa de la razón por la que me marcho de mi país?

–¡Basta! –gritó Rashad en tono de advertencia.

Estaba maravillado por su capacidad para permanecer allí de pie mirándolo, tan exquisitamente bella, mientras saltaba sobre él como una tigresa. Pero estaba convencido de todo lo que le había dicho. No aceptaría las mentiras. Ella era fuerte e inteligente. Estaba convencido de que, si era severo con ella, esas cualidades saldrían a la superficie.

Tilda se sentó todo lo lejos de él que pudo. El silencio y la tensión ocuparon el espacio. Empezó a sentir una rabia impotente. Según él, todo lo que iba mal era culpa de ella y, encima, no podía gritarle. ¿Dónde quedaba la justicia? ¿Cómo se atrevía a echarle la culpa por lo de la prensa cuando había sido él quien había salido con modelos y actrices? En comparación, ella llevaba una vida de virtud. ¿Que no era perfecta? ¡Pues claro! ¿Acaso lo era él?

Con la rabia aún latiendo en su interior le dedicó una mirada furiosa.

–¿De verdad te crees que puedo tener algún interés en ser públicamente conocida como tu querida?

Rashad tuvo que hacer un gran esfuerzo para mantenerse en silencio ante semejante provocación. ¿Su querida? Apretó los dientes y enlazó los dedos de las manos. En cuanto el avión aterrizó, el personal se preparó para desembarcar y Butrus, su asistente, se acercó a Rashad. Profesor de leyes y excelente administrador, el anciano hizo unas rápidas preguntas para averiguar qué tenía que poner en el visado de entrada de Tilda.

La rabia de Rashad aún era intensa. Impaciente por la burocracia y los pequeños detalles de los que la familia real siempre había estado al margen, Rashad respondió en su idioma y en un tono que significaba que no quería más preguntas.

—Es mi mujer, no necesita visado.

Butrus se quedó helado, después se retiró e hizo una ligera inclinación de cabeza. Un silencio eléctrico lo envolvió todo. Todo el personal se quedó quieto. Un casi imperceptible atisbo de color apareció en lo alto de sus mejillas: Rashad se dio cuenta de que por primera vez en su vida había mostrado en público sus emociones. Rápidamente, decidió que su franqueza podía haber sorprendido, pero no tenía por qué ser un fallo. Cerró la mano sobre los pálidos dedos de Tilda. Seguramente no podría mantenerla en secreto para la gente más cercana a él. Aunque no había tenido planeado hacer ningún anuncio, al menos, razonó, nadie podía plantear ahora nada porque el estatus de ella en su vida no era negociable.

—Me haces daño en la mano —dijo Tilda poniéndose de puntillas.

Rashad la soltó de inmediato, pero no dejó que se fuera. Ya era suya, pensó con satisfacción. Estaba en Bakhar con él. Le acarició los dedos que le había apretado y mantuvo su mano agarrada. Sorprendida por la respuesta a su mordaz queja, Tilda lo miró. Una ligera sonrisa se dibujó en la boca de él. Hundida por esa inesperada calidez, se sintió mareada y falta de aire.

Desde el otro extremo de la cabina, Butrus vio el intercambio de miradas. De pronto entendió por qué se había arreglado el Palacio de los Leones y se sintió horrorizado por haber malinterpretado sus intenciones. ¿Cómo podía haber sido tan estúpido de pensar que el príncipe iba a desafiar las convenciones hasta el punto de importar amantes extranjeras? En su lugar, lo que había hecho Rashad era retomar un modo tradicional de llegar al matrimonio. Y eso llenaría de alegría a su familia y a todo el país. Un matrimonio por declaración. ¿No era algo típico de un príncipe heroico e independiente llevarse a casa una novia sin todo el aparato habitual? En cuanto los empleados salieron del avión, Butrus tomó el teléfono para darle las buenas noticias al más cercano consejero del rey, Jasim, y asegurarse así de que los rumores escandalosos no se extendieran por palacio. Se mostró un poco decepcionado por el descubrimiento de que las cosas no fueran del modo que había previsto.

Tilda no estaba preparada para el asfixiante calor de Bakhar a media tarde y se le olvidó que había decidido mostrar su total desdén por Rashad no dirigiéndole la palabra.

–¿Hace siempre este calor?

Incluso ese ligero atisbo de crítica por Bakhar hizo que Rashad cuadrara los hombros.

–Hace un gran día. Aquí no hay cielos grises al principio del verano.

Una limusina con aire acondicionado los llevó rápidamente hasta la terminal del aeropuerto. De allí pasaron a un helicóptero blanco y dorado. Una vez a bordo, Tilda se sentó en un asiento color crema y trató de no mirar todo lo que le rodeaba con la boca abierta.

La vista pronto atrajo su atención. El helicóptero seguía una escarpada cordillera montañosa y atravesó unos verdes y fértiles valles antes de internarse en el desierto. Su primera visión de los ocres campos de dunas la dejó cautivada. Vio una caravana de camellos atravesando el enorme vacío y un par de campamentos. Los niños corrían tras la sombra del helicóptero y agitaban frenéticos los brazos. El desierto se extendía delante de ellos como un vasto océano dorado.

–¿Cuánto queda? –no pudo evitar preguntar finalmente.

–Otros diez minutos o así –Rashad había dado instrucciones a los pilotos de que hicieran un recorrido panorámico y el vuelo había sido más largo de lo necesario.

Aunque normalmente encontraba refrescante ver los paisajes de la tierra que amaba, apenas había apartado la vista de Tilda. Su ansia de poseerla era tan punzante como un cuchillo.

La había mirado mientras se reía de rodillas en el asiento y saludaba a los niños beduinos con juvenil entusiasmo. *Joie de vivre*, lo llamaban los franceses y esa chispeante clase de alegría había tenido una vez un enorme atractivo para un varón que había pasado de ser un niño serio a un joven muy grave. La emoción que Tilda mostraba con tanta libertad había sido una poderosa fuerza de atracción. La exasperación le hizo apartar esos recuerdos. El presente, se dijo a sí mismo sombrío, era más importante. Sí, ella era muy deseable, pero ¿no la había comprado para acostarse con ella?

Al darse cuenta de cómo la miraba, Tilda se ruborizó. Se alisó la falda del vestido y se sentó de un modo más circunspecto.

–¿Podré gritarte cuando lleguemos a donde quiera que vayamos?

–No. Ya te he dicho lo que quiero y tienes que esforzarte en dármelo –le recordó Rashad con inmensa frialdad.

Un pequeño estremecimiento de tensión nerviosa recorrió a Tilda por el brillo que vio en la dorada mirada de él.

–¿Qué pasa si te decepciono?

–No lo harás.

Tilda respiró hondo.

–Creo que aprenderás deprisa –murmuró Rashad.

El rostro de Tilda ardía. Giró la cabeza y justo enfrente vio un inmenso edificio colgado de las rocas de una colina. El helicóptero descendió cerca de los muros exteriores y aterrizó. Tilda salió al aire fresco mirando con ojos de fascinación los desgastados muros de las antiguas torres.

–Bienvenida al Palacio de los Leones –proclamó Rashad mientras la vibración del móvil atraía su atención.

Se metió la mano en el bolsillo para apagarlo. Siempre se había tomado muy en serio sus obligaciones, y fue un acto que le supuso una pelea con su conciencia, pero estaba decidido a no distraerse de Tilda. Durante unas preciosas horas, se olvidaría de sus reales deberes.

Más allá de las torres había una entrada aún más impresionante dominada por unas altísimas puertas talladas.

–Es un edificio antiguo increíble –señaló Tilda, intentando no parecer intimidada–. ¿Vives aquí?

–Me pertenece pero solo vengo ocasionalmente. Uno de mis antecesores construyó el palacio. Cuando nuestra gente era nómada, este era el lugar donde residía el poder en Bakhar. Mi abuelo murió, nuestra ciudad principal creció y este edificio fue cayendo en desuso.

Pasaron por un enorme corredor en que resonaba el eco. La luz bailaba sobre la brillante superficie de diminutos espejos de colores que decoraban el intrincado techo. Tilda miró a través de las puertas y atisbó habitaciones amuebladas en una exótica mezcla de estilos victoriano y oriental que debían de tener al menos un siglo.

–Dios mío –no pudo evitar exclamar–. Es como un viaje en el túnel del tiempo.

Rashad se puso tenso. En un reducido plazo de tiempo, su personal había hecho todo lo posible, pero se habían concentrado en materias como la fontanería, la electricidad, el aire acondicionado que no había...

–Totalmente fascinante –confesó ella, inclinando el cuello para ver un antiguo cuadro que había en la pared en el que aparecía un hombre a caballo blandiendo una espada en medio del fragor de una batalla.

Apareció un criado y se arrodilló delante de Rashad. Rompió en un torrente de excusas, porque Rashad había dado la orden de que no se le molestase bajo ninguna circunstancia. El hombre le tendía un teléfono con gesto de súplica.

Rashad apretó los labios y después repitió sus instrucciones. Ciento un asuntos y ciento una personas en la corte, en el gobierno y en el extranjero demandaban su atención todos los días... y nunca, jamás, se tomaba un día libre. Pero ese día en particular era diferente: estaba con Tilda. Era evidente que no había sido lo bastante firme con sus órdenes. Ignoró el teléfono.

–¿Hay algún problema? –preguntó Tilda mirando al sirviente con las manos juntas y murmurando lamentos–. Parece un poco afligido.

–El drama es la sal de la vida de mi gente.

Tilda dirigió su brillante mirada a Rashad, alzó la barbilla y habló finalmente de algo a lo que llevaba horas dándole vueltas en la cabeza.

–No le he dado ningún soplo a la prensa y no me imagino por qué crees tú que he podido hacerlo.

–Muchas mujeres se deleitan con la atención del

público. También hay quien hace dinero vendiendo exclusivas a la prensa del corazón.

La incendiaria respuesta hizo que Tilda enderezara la espalda y se dispusiera a darle la respuesta que merecía. Se dio la vuelta.

–En realidad no pensaba vender mi historia sobre lo que significa ser la concubina de un príncipe hasta que regrese a casa.

El ambiente se espesó como aceite a punto de hervir.

Rashad se acercó en silencio a ella intrigado por su constante gesto de desafío.

–Quizá –murmuró él– no quieras volver a casa. Puedo ser muy persuasivo.

Tilda había querido molestarlo y el tono de su respuesta la pilló por sorpresa.

–Por supuesto que quiero volver a casa... ¡Cuento los días!

–Harás todo lo que haga falta para mantener mi interés y así poder quedarte. Desde hoy empezarás a dejar de escaparte y empezarás a aprender –le apartó un mechón de pelo de la mejilla en un gesto de confianza e intimidad.

Tilda se apoyó en la sólida pared con la respiración retenida en la garganta. Rashad le recorrió el borde el labio inferior con el pulgar y suavemente abrió la boca para rozar la suave superficie húmeda. Tilda sintió que se le aflojaban las piernas y el deseo hizo que los pezones se le pusieran tan duros que le dolían. Era una lucha contener el lascivo impacto de fascinación que la recorría.

–Yo no huyo –dijo frenética–. ¡Jamás!

–Huyes de mí más rápidamente que una gacela cada vez que me acerco. Soy un cazador. Disfruto con la persecución –Rashad dejó que el dedo se deslizara entre sus labios y luego volvió a retirarlo. La miró y vio sus pupilas dilatadas y su blanco cuello mientras echaba la cabeza para atrás en una instintiva invitación femenina–. Pero siempre me has deseado. Puedes luchar contra mí, pero estás deseando mi boca en este mismo instante.

Las largas pestañas de Tilda se agitaron. Le supuso un gran esfuerzo volverse a concentrar. El dolor y la rabia se mezclaban porque durante un momento había anhelado el calor de su boca en la de ella con tanta fuerza como una droga de la que depende la vida.

–No lo estoy deseando –murmuró y forzó una risa que sonó terriblemente estrangulada.

Rashad la miró con un calor lánguido que hizo temblar a Tilda.

–No te preocupes –dijo él–. Lo tendrás.

Tilda apoyó un brazo en la pared y se zafó de él con una falta de coordinación que la enfureció. Estaba temblando, locamente consciente de cada movimiento de su poderoso cuerpo tan cerca del suyo. Su mente se llenó de una imagen de Rashad empujándola contra la pared con esa pasión propia de él, una pasión a la que solo en contadas ocasiones daba rienda suelta. El nudo de tensión que sentía en la pelvis se apretó. El hecho de que su hostilidad hacia él no fuera capaz de reprimir su deseo la tenía muy preocupada.

Rashad la miró y le dio la mano.

–Deja que te enseñe el harén.

–No puedo esperar –dijo ella sarcástica y con las mejillas cubiertas por el rubor.

Tilda alzó la cabeza. Recordaba perfectamente el oscuro sentido del humor de Rashad. Una punzada de arrepentimiento la atenazó por ese tiempo perdido y tuvo el efecto de endurecer su resolución.

–No le di el soplo a la prensa –volvió a decir de nuevo.

–Si tú lo dices... –su indiferencia la indignó.

–Y hace cinco años no me acosté con ningún otro.

Rashad exhaló una gran cantidad de aire. ¿Por qué

seguía ella recordándole su infidelidad? No quería que se la recordase. ¿Por qué no se daba cuenta de que cada negación solo servía para provocar la aparición de recuerdos desagradables?

Subieron por una inmensa escalera de piedra y, decidida a ignorar el silencio con que había respondido a sus intervenciones, Tilda siguió diciendo:

—Me gustaría ver esas pruebas que dices que tienes de mí así llamada mala conducta.

—Algún día te dejaré verlas —dijo mirándola con impaciencia.

Como ella no tenía ni idea de lo concluyentes que eran sus pruebas, seguramente mantenía la esperanza de poder cuestionar la prueba de su engaño. Por desgracia para ella, tenía una fe absoluta en la fuente de la que había recibido la información.

—¿Por qué no ahora?

—Ya te he oído suficientes mentiras. Prefiero el silencio —en su hermoso rostro había resolución—. En su momento, espero que aceptes la futilidad de seguir mintiéndome.

Tilda tiró de la mano para soltarse de él.

—Intentas que me resulte imposible defenderme. Mal si hablo y mal si me callo. Pero ¿para qué quiere un hombre a una buscona mentirosa?

Rashad no respondió. No picó. Estaba empezando a darse cuenta de que, cuando quería mantenerlo a distancia, empezaba a discutir con él.

Ofendida por su falta de respuesta, Tilda murmuró con voz melodiosa:

—A lo mejor es que solo te gustan las chicas malas.

Después de esa frase, Rashad la miró con ojos de depredador. A lo mejor tenía razón. Cuando la miraba, cuando pensaba en ella, siempre se olvidaba de sus pecados. Su deseo era demasiado fuerte como para que pudiera negarlo. Con sus ojos turquesa tan vivos como estrellas polares, ella brillaba de belleza y energía. Lo que sentía en sus genitales era algo cercano al dolor. Nunca había experimentado una necesidad tan poderosa de poseer a una mujer. De pronto toda su paciencia se desvaneció. Dio un paso hacia ella, la tomó en brazos y se dirigió a su dormitorio.

–¿Qué demonios haces? –dijo Tilda perpleja.

–Ya hemos esperado suficiente para estar juntos –Rashad abrió una puerta con el hombro y, después de haber cruzado el umbral, la cerró de un puntapié.

Tilda miró con ojos de pánico la habitación que le pareció que tenía poco más que una recargada cama con dosel.

–Creía que me ibas a enseñar el harén.

–Otro día, cuando tenga la fuerza necesaria para resistirme a ti –la dejó en el suelo y le quitó la chaqueta mientras con una mano la sujetaba de las caderas por si intentaba escaparse.

Inclinó su arrogante y oscura cabeza y saboreó la boca de ella.

Cada vez que la tocaba era como si quitase un ladrillo de su muralla defensiva, dejándola más a su merced e incapaz de enfrentarse a él al siguiente ataque. Su insistente beso hizo que una descarga eléctrica le recorriera la espalda y deseara más. Su corazón corría y su cuerpo se retorcía contra su dura y masculina promesa. Separó los labios ante el erótico empuje de su lengua. No podía reprimir su necesidad de tocarlo. Deslizó las manos bajo la chaqueta para recorrer el cálido y duro contorno de su poderoso pecho.

Rashad alzó la cabeza. Le soltó el vestido y lo dejó resbalar hasta el suelo. Tilda quedó muy sorprendida porque ni siquiera se había dado cuenta de que se lo había desabrochado. De pronto, sintiéndose demasiado expuesta con aquella ropa interior tan transparente, Tilda se cubrió con los brazos.

–No me desconciertes actuando como si fueses tímida –se burló Rashad mientras la agarraba de las muñecas para que descruzara los brazos–. Odio lo falso. La falsa modestia me deja frío. ¿Por qué iba yo a querer que fueses virgen?

Tilda se apartó de él en un gesto defensivo. Su última pregunta hizo que se ruborizara. Rashad reconoció los huecos de luz en sus ojos claros y, molesto, la agarró dispuesto a hacer ceder esa resistencia.

–¿Crees que lo que quiero es que finjas? –dijo Rashad en tono áspero–. No era mi intención hacerte sufrir, pero esta vez solo quiero de ti lo que es real.

Tilda estaba sacudida por que él hubiera notado que la había herido, había pensado que era mejor ocultando sus sentimientos. Le agarró el rostro con las dos manos y la besó con encantadora dulzura y cautivadora sensualidad. Tilda dejó de pensar y se dejó llevar por su respuesta. Movió su cuerpo para acercarlo al de él. Rashad la levantó y la llevó a la cama, después se quedó en pie para quitarse la corbata y desabrocharse la camisa.

Tilda sentía pesados sus miembros mientras yacía en la seda carmesí con una sensación de calor líquido ardiendo en su vientre. No podía apartar los ojos del torso que había revelado Rashad al quitarse la camisa: los músculos cruzaban el sólido muro del pecho y negras espirales de vello cubrían sus pectorales y se unían para formar una sedosa línea que bajaba por el plano vientre. Se le quedó la boca seca.

Rashad la miró con ardiente apreciación mientras el colchón cedía bajo su peso. Tilda rodó lejos de él. Rashad soltó una carcajada y la volvió a acercar a él sin dificultad.

–Eres tan hermosa… –le dijo con voz ronca antes de volver a saborear su boca–. Tú también me deseas.

Tilda cerró los ojos por temor a que él pudiera leer

lo que había en ellos. Los escasos momentos en que no la tocaba eran casi un tormento. Como una muñeca, era incapaz de realizar acciones independientes y era la misma fuerza de su deseo lo que la mantenía atrapada. Rashad recorrió con la boca su cuello y ella arqueó la espalda y gimió. La atrajo contra él para desabrocharle el sujetador. Un rugido de satisfacción escapó de la garganta de él cuando sus pequeños y turgentes pechos quedaron libres. Acarició las hinchadas y rosadas puntas con hábiles dedos antes de inclinarse y recurrir a la boca para jugar con ellas. Cada agridulce sensación salía disparada derecha como una flecha a la pulsante humedad caliente que sentía entre los muslos e incrementaba su anhelo en ese lugar.

–Rashad... oh, por favor.

Rashad la miró con ojos pesados. En algún lugar en el exterior se oyeron disparos de rifles.

–¿Qué es eso? –preguntó ella sin respiración enterrando los dedos en el negro pelo.

–Seguramente alguien que se ha casado y los guardias muestran su reconocimiento –aunque esa era la explicación más lógica, Rashad se puso tenso como solo un antiguo soldado podía hacerlo en esas circunstancias. Después oyó el zumbido de un avión. Mientras saltaba de la cama y agarraba la camisa, un reactor pasó sobre el palacio. Apenas veinte segundos después, oyó el pesado ruido de más de un helicóptero acercándose.

–¿Rashad? ¿Qué pasa? –preguntó Tilda con aprensión.

–Vístete.

Llamaron a la puerta con urgencia. El sonido casi fue ahogado por el ruido de otro reactor.

Rashad abrió la puerta.

–Por favor, perdone la intromisión su alteza real –dijo un sirviente entrado en años con tono de ansiedad–, pero me han pedido que le informe de que el primer ministro está a punto de llegar. Solicita humildemente ser recibido en audiencia.

La más mínima muestra de color desapareció del rostro de Rashad. Se volvió del tono de las cenizas porque solo podía pensar en que le hubiera sucedido algo a su padre. Por qué otra razón iría a verlo el primer ministro sin haber concertado previamente la entrevista.

–¿Rashad? –repitió Tilda preocupada.

Rashad la miró como si de pronto se hubiera vuelto invisible. A toda velocidad se puso la corbata y la chaqueta.

–Bajo ningún concepto salgas de esta habitación ni hables con nadie hasta que yo vuelva.

Capítulo 6

RASHAD no había llegado a la pista de aterrizaje cuando recordó que había apagado el móvil. Volvió a encenderlo. Maldijo la egoísta imprudencia que le había llevado a ignorar la llamada apenas media hora antes. Casi de inmediato, sonó el aparato y respondió a la llamada. Le informaron de que su padre esperaba para hablar con él.

–Hijo –la voz de su padre resonó como si se estuviera dirigiendo a un auditorio atestado–. ¡Estoy encantado!

–¿Estás bien de salud, padre? –preguntó Rashad, perplejo.

–Por supuesto.

Rashad seguía aún afectado por el miedo que había pasado.

–Entonces, ¿por qué ha volado el primer ministro hasta el desierto para hablar conmigo?

–Tu matrimonio es algo de gran importancia para todos.

Rashad se detuvo en seco en el inicio de la escalera.

–¿Mi... matrimonio?

–Nuestro pueblo no quiere que le priven de una boda de estado.

–¿Quién dice que me he casado o que vaya a casarme? –consiguió preguntar Rashad en un tono de voz aceptable.

–Un periodista contactó con tu hermana Kalila en Londres y le mostró una foto tomada en el aeropuerto. Kalila se puso en contacto conmigo y me ha mandado por correo electrónico una foto de Tilda para que la viésemos. Es muy guapa además de una magnífica sorpresa. Debería haber cerrado la boca y tenido más sentido el día que oí que habías pedido que arreglaran el viejo palacio.

Rashad pensaba deprisa y era consciente de que demasiadas cosas habían saltado a la luz pública y que, si no hacía nada, las cosas se desmandarían. Se había sentido realmente sorprendido por la presencia de los paparazis en Heathrow: los rumores sobre su relación con Tilda debían de haber volado antes de que su avión despegase de Londres. Estaba incluso más sorprendido por el entusiasmo de su padre al enterarse de que su hijo se había casado con una mujer a la que no conocía.

–Cuando has proclamado que Tilda era tu mujer y no le hacía falta visado, al viejo Butrus casi le ha dado un infarto, hasta que ha caído en la cuenta de que ya debías de haberte casado con ella para hacer semejante anuncio. E, incluso aunque no lo hayas hecho –dijo el rey en tono de broma y del mejor humor posible–, según las leyes de nuestra casa real, una vez que has declarado delante de testigos que Tilda es tuya, es un matrimonio por declaración. La ley que salvó el pellejo a tu abuelo nunca ha sido revocada.

Rashad tuvo que apoyarse en la pared. Un matrimonio por declaración: una ley aprobada a toda prisa para tapar el escándalo después de que su licencioso abuelo se hubiera escapado con su abuela con la única intención de acostarse con ella. ¿Seguía siendo legal? Sintió como si las barras de una jaula fueran cayendo alrededor de él.

–Padre... –respiró hondo.

–¡Como si pudieras traer a una mujer a Bakhar para otra cosa que convertirla en tu esposa! –le provocó su padre–. Ningún hombre de honor mancharía el buen nombre de una dama. Solo he tenido que oír el nombre de Tilda y ya he sabido que era tu prometida y que teníamos que preparar una bonita celebración. ¿No fue la mujer que te robó el corazón hace cinco años?

Mientras el rey hacía un panegírico sobre el amor verdadero y la felicidad de la vida matrimonial, Rashad se ponía cada vez más serio. Más allá de la ventana, podía lucir el sol, pero una enorme nube negra no se lo dejaba ver. Había quebrantado las normas solo una vez y le tocaba pagarlo con su libertad. ¿Qué clase de locura lo había poseído cuando había decidido llevarse a Tilda a Bakhar? Había sido una completa imprudencia y, mirando hacia atrás, no era capaz de averiguar la causa real de semejante locura.

Rashad bajó las escaleras para recibir al primer ministro y su séquito. Aceptó las felicitaciones y los elaborados saludos y cumplidos para su novia mientras le comunicaban que se habían decretado dos días de fiesta a finales de mes con ocasión de la boda de estado. No se puso pálido cuando le informaron de que el anuncio formal había sido emitido por la televisión estatal y las emisoras de radio, y que los deseos de felicidad para la novia llegaban desde el último rincón de Bakhar.

Pasó una hora hasta que pudo volver con Tilda. Sufría aún la humillación y la incredulidad de un hombre que no había dado un paso en falso en su vida, pero que había cometido un error fatal. No tenía ninguna duda de que Tilda estaría extasiada ante la perspectiva de no ser una concubina sino una esposa, y de que como mínimo tendrían que permanecer casados un año.

Completamente vestida, Tilda paseaba por el dormitorio. Las esporádicas salvas de disparos y el tráfico aéreo le habían llevado a preguntarse si el palacio estaría siendo atacado. Cuando había caído el silencio, había sucumbido al temor de que Rashad no volviera porque hubiera sido hecho prisionero, herido o muerto. Su respuesta ante esa posibilidad fue mucho más emocional de lo que le hubiera gustado reconocer, y le había informado de que su odio por él era solo superficial. La imagen de un Rashad herido en el suelo la hizo sentirse mareada y deseosa de salir corriendo a atenderlo. Estuvo a punto de desobedecer las órdenes y salir de la habitación.

–¿Dónde demonios has estado todo este tiempo? –preguntó furiosa en cuanto Rashad apareció, demostrando que sus temores habían sido totalmente infundados–. ¡Estaba frenética de preocupación!

–¿Por qué? –preguntó Rashad.

–Los disparos… tus instrucciones… todos esos aviones y helicópteros dando vueltas por ahí –se lanzó a él temblorosa.

–No hay ninguna razón para alarmarse. La precaución ha sido lo que me ha hecho pedirte que te quedaras aquí, pero todo es fruto del entusiasmo y de la celebración del resultado de un malentendido –se encogió de hombros con menos frialdad de lo habitual–. El malentendido es completamente responsabilidad mía. Todo el país cree que te he traído a Bakhar como mi esposa.

Tilda se quedó tan sorprendida por la información que se limitó a mirarlo fijamente, notando que su rostro estaba inusualmente pálido y tenso.

–Por Dios, ¿cómo puede pensar alguien algo así?

–Las circunstancias han conspirado para hacer de esa la única interpretación aceptable de los hechos –dijo Rashad con mucho cuidado–. Reconozco que he hecho mal trayéndote aquí. Ninguna mujer había venido antes a Bakhar conmigo. La intervención de la prensa en Londres y que supieran de nuestra relación previa solo añade fuerza al rumor de que tú eres, como mínimo, mi futura esposa.

–¿Y ahora qué? –preguntó Tilda parpadeando.

–Según mi padre –explicó con el ceño fruncido–, ya estamos casados a los ojos de la ley porque yo me he referido a ti como mi mujer delante de testigos.

Perpleja por la primera parte de la explicación, Tilda se quedó con la segunda y lo miró con infinito desdén.

–¿Me has llamado así? ¿Cuándo?

–Antes de que bajáramos del avión. Pero puedo ponerme la mano en el corazón y jurar por mi honor que no pretendía insultarte.

–Por supuesto que lo hiciste: me describiste como tu mujer como si fuera una posesión. ¡Es medieval!

–Quieres hacer que parezca que quería decir que me perteneces cuando yo a lo que me refería era a que eres parte de mi vida –rugió Rashad–. Ahora tienes razón en parte.

–A efectos legales... ¿ya estamos casados? –dijo Tilda de pronto conmocionada como si de pronto lo hubiera entendido todo–. ¿Cómo puede ser eso?

–Hace muchos años, mi abuelo raptó a mi abuela y provocó un gran escándalo. Siempre actuaba primero y pensaba después. Para suavizar las cosas, se consideró necesario aprobar una ley que le permitía reclamar que era su esposa desde el momento que él lo había dicho delante de testigos. Esa ley afecta solo a la familia real y luego nunca se derogó.

–Pero esas conductas y esas leyes son completamente medievales. Con relaciones así, me parece impresionante que te atrevas a criticar a mi familia –Tilda sacudió la cabeza intentando razonar con claridad–.

Bueno, la solución obvia a todo este embrollo es que digas la verdad. Te gusta mucho repetirme que las mentiras son siempre inaceptables para ti.

Al escuchar la propuesta de ella, Rashad apretó la mandíbula de modo casi imperceptible.

–La verdad ahora es que, según las leyes de Bakhar, estamos legalmente casados.

–Si es así, no te viene mal –admitió Tilda–. Pero como no pienso permanecer casada contigo aunque me apuntes a la cabeza con una pistola, el divorcio será rápido.

–Este es un asunto serio.

Un punto de amargura se coló en los pensamientos de Tilda. Recordó lo locamente enamorada que había estado cinco años antes. En aquellos días hubiera hecho cualquier sacrificio por casarse con el príncipe del desierto. ¿Estaban realmente casados? Sin duda ese hecho explicaba por qué él estaba tan serio como si asistiera a un funeral. Ella era, seguramente, la última mujer de la tierra a la que habría elegido como esposa.

–Ya me imagino que es serio, pero si estoy casada contigo, entonces supongo que tendré algunos derechos –apartó la mirada de él para que no se diera cuenta de que estaba apenada–. ¿O tienes otra lista de amenazas que ponerme delante para asegurarte de que hago exactamente lo que quieres?

Esa sencilla pregunta fue para Rashad como si le hubieran echado un cubo de agua fría por encima. Hasta que ella había vuelto a aparecer en su vida, jamás había amenazado a una mujer, ni siquiera había soñado con hacerlo. En ese momento se encontraba con que le ponía delante las crueles amenazas a que la había sometido. Una vez lo había traicionado y le había infligido una herida que nunca le perdonaría. Pero eso, reconoció con pesadumbre, no era excusa para usar mal el poder e imponer un castigo. Su padre había hablado de matrimonio y la foto de Tilda con Jerrold había despertado la amargura y la rabia de Rashad y lo había animado a perseguir lo que él creía que era justo. Pero desde el instante en que había vuelto a ver a Tilda, un motivo mucho menos aceptable y el deseo lo habían guiado. No podía sorprenderse de las desastrosas consecuencias que le habían traído.

–No. No habrá más amenazas –la miró con ojos oscuros e indescifrables–. Nunca debería haber utilizado tácticas coercitivas.

Sorprendida por ese completo cambio de rumbo, Tilda alzó la cabeza.

–¿Lo reconoces?

–No puedo hacer otra cosa después de ver lo que he provocado. Estaba equivocado y por ello me disculpo –pronunciar esas palabras de sincero arrepentimiento fue muy duro para su orgullo porque nunca antes había tenido que disculparse–. Arrastraba ira del pasado y me cegó sobre lo que era lo correcto.

Tilda solo podía pensar en su propia ira, alimentada y mantenida viva por el dolor. Reparó en el hecho de que nunca había dejado a ningún hombre estar cerca de ella después. Pensó en cómo se había sentido unos minutos antes cuando pensaba que podía estar herido. Sintió temor al ser consciente de que sus sentimientos por Rashad eran más profundos de lo que era seguro o inteligente.

–No volveré a amenazarte nunca más –prometió Rashad–. A cambio, te pido tu cooperación.

–¿De verdad estamos casados? –preguntó ella llena de dudas.

–Sí –confirmó él.

–Pero supongo que harás todo lo posible para librarnos de este matrimonio cuanto antes –remarcó Tilda en un tono un poco susceptible.

Rashad miró la pared con el ceño fruncido. El divorcio acarrearía la salida de ella de Bakhar. Descubrió que esa perspectiva no le apetecía de ninguna de las maneras. Seguramente, razonó, un matrimonio rápido y un divorcio incluso más rápido solo agravarían el error que ya había cometido. Un matrimonio era un matrimonio, daba lo mismo cómo hubiera empezado. Del mismo modo, una esposa era una esposa, merecedora de su apoyo y su respeto. Tendría que tratar de lograr que al menos esa alianza fuera un éxito, decidió. Tendría que dejar atrás todos los recuerdos del pasado.

–Un divorcio rápido no es una opción que me guste –la miró con los ojos brillantes de renovada energía–. No hay ninguna razón para que no intentemos sacar lo mejor de este embrollo.

–¿Qué quieres decir? –preguntó de pronto consciente del ardiente calor que aún notaba en los labios.

Sin previo aviso, descubrió que estaba reviviendo el placer de su boca recorriendo sus pechos y el latido de la parte más sensible de su cuerpo. Respiró con dificultad avergonzada por su susceptibilidad.

Tenso por la excitación, Rashad hizo un valiente intento de superar la barrera de su fiero orgullo y tender un puente que lo llevara de la coerción a la aceptación. Se acercó a ella.

–Despierto o dormido, estás en todos mis pensamientos. Mi deseo por ti no es mayor que el tuyo por mí. Quiero estar contigo.

Tilda tragó saliva y se odió a sí misma por sentirse tentada. Pero él solo quería acostarse con ella. Eso era lo único que le había interesado siempre, se dijo. Pero su cuerpo aún ardía con la respuesta sexual que solo él conseguía despertar. La encendía porque ella sabía perfectamente de qué estaba hablando él. Todos los días, todas las horas, todos sus pensamientos estaban centrados en él hasta el punto de la obsesión, pero esa era una verdad que a él nunca le reconocería.

En cualquier caso, tenía cosas mucho más importantes de qué preocuparse. En una hora, cualquier cosa parecida a una certeza se había desvanecido. Le pareció vergonzoso que solo con haber estado entre sus brazos hubiera olvidado pasado y presente debido a la pasión. ¿Qué arreglaría o clarificaría compartir la cama con él? ¿Dónde quedaban su orgullo y su sentido común? Lo primero era que estaba en Bakhar por su familia. Se recordó que aún tenía que ver alguna prueba de que la amenaza contra su seguridad había desaparecido.

—Lo que necesito saber ya es que la orden de desahucio se ha suspendido —murmuró tensa.

—Ya está hecho.

Un silencio tenso se instaló entre ambos mientras Tilda se mordía incómoda el labio inferior.

—¿Y la casa... está ya otra vez a nombre de mi madre?

—Por supuesto.

—¿Lo del crédito pendiente se ha arreglado?

Rashad inclinó su orgullosa cabeza en un gesto de asentimiento.

—Me gustaría verlo todo por escrito —dijo ella agarrándose una mano con la otra disimulando su incomodidad e intentando parecer una negociante fría como una vez le había dicho él.

—Si ese es tu deseo, me aseguraré de que veas la documentación —afrontó la falta de confianza en su palabra y no hizo más comentarios.

Se dijo a sí mismo que no era sorprendente que los aspectos económicos fueran su primera preocupación. ¿No había sabido siempre que para ella el dinero era lo más importante? Pero no pudo sofocar el aumento de su propio disgusto.

–Y me gustaría ver las pruebas que dices que tienes de mis aventuras con otros hombres.

Rashad disimuló su helada mirada. Estaba decidido a no rendirse a esa demanda en particular. Poner frente a ella pruebas innegables de su promiscuidad en la juventud solo conseguiría enfrentarlo a ella en un momento en que necesitaba su cooperación. Si ella rechazaba comportarse como su esposa, su padre y el resto de su familia se enfrentarían a situaciones muy embarazosas. Además, demasiada gente inocente podía sufrir las consecuencias de su falta de juicio.

–Me temo que eso no es posible.

Parecía estarse disculpando, pensó Tilda poco convencida. Iba a decirle algo, pero en ese momento, sonó el móvil de Rashad.

El gesto de él se endureció y apretó los labios.

–Mis hermanas, Durra y Tibah, acaban de llegar.

En una enorme sala de recepciones que había en el piso de abajo, fue presentada a dos mujeres vestidas a la moda que tendrían alrededor de cuarenta años. Un poco mayores de lo que Tilda había esperado. Ambas hablaban un excelente inglés y saludaron a su hermano con afecto mezclado con respeto.

–El rey nos ha pedido que te digamos que lleves hoy a Tilda para que pueda conocerla –dijo una morena regordeta de aspecto animado, Durra, que luego saludó a Tilda con cálidas palabras de bienvenida.

–Hay muchos preparativos que hacer –añadió Tibah con entusiasmo–. ¡Las próximas semanas van a ser muy excitantes! Espero que podáis venir ahora. Así no haremos esperar a nuestro padre.

Tilda reparó en que Rashad parecía que se hubiera vuelto una talla de granito. Sintió que se le caía en alma a los pies, pero siguió manteniendo una sonrisa en los labios. Era consciente de la opinión tan mala que Rashad tenía de ella y la sensación de que odiaba tener que presentarla como su prometida a su padre. Sus hermanas lo presionaron con apenas contenida tensión hasta que accedió con un asentimiento de la cabeza. Rashad dio una palmada y un criado apreció tras una puerta. Rashad dio unas instrucciones.

–Nos iremos de inmediato –murmuró sin ninguna expresión.

Sus hermanas volaron de vuelta a Jumiah con ellos. El gran palacio donde vivía la familia real estaba situado a unos kilómetros de la próspera capital. En cuanto el helicóptero aterrizó, Durra y Tibah se separaron de Rashad y Tilda para volver a sus casas dentro del complejo de palacio, un enorme edificio de piedra tallada rodeado de jardines y fuentes. Tilda no pudo evitar hacer un comentario de sorpresa.

–El viejo palacio sufrió serios daños durante la guerra. También se asoció con las dos décadas de desgobierno de mi tío abuelo –explicó Rashad–. Este nuevo palacio se construyó como símbolo de esperanza en el futuro.

–Es colosal, impresionante –Tilda lo miró de modo extraño y súbitamente abandonó el tono forzado a favor de la sinceridad–. ¿No hay ninguna forma en que pueda evitar conocer a tu padre?

Rashad apretó la mandíbula.

–Recibiéndote tan deprisa, el rey te está haciendo un gran honor.

Tilda se puso roja de turbación.

–Creo que me has entendido mal. Da lo mismo.

–Mi padre es un hombre agradable. Rápidamente ha asumido que entre nosotros existe auténtico afecto.

Tilda sintió dolor al escuchar el comentario sarcástico, pero levantó la barbilla. Para añadir el insulto a la injuria, Rashad procedió a darle una serie de recomendaciones sobre cómo ser amable y respetuosa en presencia de la familia real de Bakhar.

–No hay nada malo en mis modales –le dijo ella ti-rante–. No voy a ser maleducada.

–No quería ofenderte –Rashad estaba simplemente preocupada por que fuera a producirse ese crucial encuentro sin ninguna preparación.

Tilda fue guiada a la sala de audiencias. El rey Hazar era un hombre alto y enjuto de unos sesenta años, vestido con ropas tradicionales que añadían dignidad a su aura de tranquilidad. La amable sonrisa que iluminaba su rostro sorprendió a Tilda e hizo que desapareciera gran parte de la tensión. Le dio la bienvenida a Bakhar en un inglés lento y correcto, abrazó a su hijo con entusiasmo e informó a Tilda de que sería muy feliz de reconocerla como una nueva hija. La educada conversación versó sobre los monumentos de Oxford y sobre los tópicos habituales del clima inglés. Tilda estuvo sorprendida de que en lugar de estar desolado por la repentina boda de su hijo con una inglesa, el anciano estuviera encantado.

Mientras se desarrollaba la amable conversación, Tilda se dedicó a observar a Rashad por debajo de las pestañas. Su hermoso perfil recibía la luz de los rayos del sol que entraban por las ventanas que había tras él. Como si hubiera sido consciente de su atención, volvió el rostro hacia ella. Su mirada se encontró con la de Tilda y esta sintió un estremecimiento. Ruborizada, apartó su atención de él. Era guapo, pensó desesperada, y estaba casada con él. Realmente casada. La impresión aún la tenía con el alma en un puño. Con dificultad, volvió a concentrarse en la conversación.

Rashad se preguntaba por qué su padre estaba tan feliz con el supuesto matrimonio. ¿Habría llegado a temer que su hijo permaneciera soltero para siempre? ¿Era para su padre cualquier esposa mejor que no tener ninguna? ¿Era por eso por lo que no había planteado ni una sola pregunta difícil a ninguno de los dos?

El rey dijo que era de gran importancia que Tilda recibiera apoyo y ayuda para que pudiera sentirse en su casa en el palacio real y en el país.

–A diferencia de tu madre, tu esposa llevará una vida expuesta a la opinión pública –remarcó su padre gravemente–. Es lógico que Tilda tenga que prepararse para ese papel antes de la boda.

«¿Qué boda?» Casi preguntó ella, pero consiguió morderse la lengua en el último segundo. Temía demasiado decir algo inapropiado. Miró de soslayo a Rashad y vio que estaba tan molesto como ella con el asunto. Sospechó que le estaba racionando la información hasta los límites de lo estrictamente necesario y sintió un ligero resentimiento.

–No estoy convencido de que Tilda tenga que tener un papel público –respondió Rashad.

Tilda trató de ignorar la falta de entusiasmo que mostraba Rashad con que ella asumiera las responsabilidades asociadas a ser su esposa. Era normal, se dijo. No había ninguna necesidad de que ella hiciera del asunto una cuestión personal. Por desgracia esas reflexiones tan llenas de sentido común no evitaban que se sintiera reducida y perdedora antes de empezar la carrera.

Su padre parecía encantado.

–Hijo, no puedes casarte con una mujer educada y con estudios y pretender que sea solo para ti. ¡La oficina de la corona ya ha organizado que sea tu esposa quien inaugure el ala de cirugía del nuevo hospital el mes que viene! Todos estos asuntos serán más fáciles si Tilda tiene oportunidad de estudiar nuestra historia, protocolo e idioma. Así estará más cómoda vaya a donde vaya dentro de nuestras fronteras.

Después de la reveladora reunión, Tilda se encontraba aturdida y tensa. Parecía que tenía por delante una protocolaria boda para cumplir con las convenciones.

La sola idea la hacía sentirse incómoda: no era actriz. Aún más, hacerse pasar por la esposa de Rashad prometía ser un difícil reto. Evidentemente se sentía agradecida por tener que dedicar su jornada completa a prepararse para desempeñar el papel. Pero, lo peor de todo era que Rashad la estaba obligando a formar parte de una representación de masas y participar en una cruel mascarada para engañar a un montón de gente que confiaba y les ofrecía su sincero afecto y aceptación. ¡Su familia parecía toda tan agradable! En su opinión solo alguien realmente horrible e insensible podía no sentirse totalmente culpable.

Capítulo 7

LO has hecho muy bien con mi padre. Estaba impresionado –comentó Rashad apoyándole una mano en la parte baja de la espalda para guiarla en dirección a su ala del palacio.

–Estaba tan nerviosa que apenas he dicho ni una palabra –confesó ella ansiosa–. No sé casi nada ni de ti ni de tu familia, y tenía miedo de decir algo y que se me notara. Tus hermanas son mayores de lo que esperaba. ¿Por qué nunca hablabas de tu familia cuando eras estudiante?

–Hace cinco años mi padre y mis hermanas aún eran extraños para mí.

–¿Por qué? –preguntó ella desconcertada.

–Mis tres hermanas son hijas de la primera esposa de mi padre, quien murió de fiebres después del nacimiento de Kalila. Yo soy el único hijo de su segundo matrimonio. Cuando yo tenía cuatro años mi padre se hirió en un accidente de equitación –explicó Rashad–. Su tío Sadiq ocupó el cargo de regente y aprovechó la ocasión para usurpar el trono. Mi padre estaba postrado en la cama cuando Sadiq me separó de mi familia y me tomó como rehén.

–¿Durante cuánto tiempo?

–Hasta que fui adulto. Sadiq no tenía ningún hijo y me nombró su heredero para mantener contenta a alguna de las facciones. Me envió a una academia militar y después ingresé en el ejército. La seguridad de mi familia dependía de la buena voluntad de Sadiq.

Tilda estaba horrorizada.

–Dios mío, ¿por qué nunca me has contado nada de esto? Quiero decir, que sé lo de Sadiq y la guerra, pero no sabía que te habían separado de tu familia cuando eras un niño.

–Nunca le he visto sentido a regodearse en las desgracias.

–Tu madre debió de sufrir muchísimo.

–Eso creo. No volví a verla jamás. Cayó enferma cuando yo era adolescente, pero nunca se me permitió visitarla.

Quizá por primera vez entendió Tilda el origen de la implacable fuerza y la autodisciplina que había en el corazón del carácter de Rashad. De niño había sufrido una gran soledad y dolor al serle negada su familia y eso le había endurecido. Había aprendido a ocultar sus emociones y hacerse idólatra de la autosuficiencia. No sorprendía que le costase tanto confiar.

Cruzaron un antepatio pavimentado de mármol oculto por árboles y una exuberante vegetación. La luz del día se acababa mientras se ocultaba el sol en medio de un espectáculo de colores y sombras que iban desde el melocotón hasta el mandarina y el ocre. Más allá de la extensión de vegetación, había un edificio bastante grande.

–Mi casa aquí, en palacio, es extremadamente privada –remarcó Rashad.

En un magnífico recibidor circular lo bastante grande como meter a una orquesta, Tilda se detuvo.

–El rey dijo algo sobre una boda.

Rashad despidió con un gesto a los sirvientes curiosos que se habían apostado junto a las escaleras y a quienes Tilda no había visto. Abrió una puerta y dio un paso atrás. Tilda lo precedió en una enorme sala de recepciones decorada al estilo oriental con suntuosos sofás y una alfombra tan exquisita que parecía un pecado caminar sobre ella.

–Habrá una boda de estado a finales de mes. No se puede evitar –murmuró Rashad–. Mi pueblo espera ese espectáculo. Si no, habrá demasiadas murmuraciones.

Tilda estaba rígida de incredulidad, pero no dijo nada. Se sentía como si se la estuvieran tragando las arenas movedizas y solo ella fuera consciente de la situación. No podía dar crédito a que él sencillamente esperara que ella siguiera adelante con todo aquello como si fueran una pareja de verdad.

Rashad continuaba con su política de ignorar amablemente las señales de tensión que emitía ella. Si se convertía en un ejemplo, era posible que ella, con el tiempo, imitara su actitud.

–¿Puedo encargar que nos traigan la cena? –preguntó él–. No sé tú, pero parece que hace una eternidad que no comemos, y yo tengo hambre.

La referencia a la comida fue la proverbial última gota para Tilda. La tensión la superó y abrió las manos y los brazos en un gesto de desesperación.

–No puedo hacerlo, Rashad... ¡De verdad que no puedo! ¿Cómo te las arreglas para actuar como si todo fuera normal?

–Disciplina –dijo él con tranquilidad.

–Bueno, es extraño y antinatural –dijo ella–. Tenemos que hablar de todo esto...

–¿Por qué?No puede cambiarse nada. Estamos casados. Soy tu marido. Tú eres mi esposa. Debemos hacer lo que se espera de nosotros.

–¡El sacrificio no sale de forma natural a los que no hemos sido educados para ser reyes y perfectos! –afirmó Tilda.

–No estoy tratando de ser perfecto.

–Tu padre y tus hermanas son encantadores. ¡Me han dado una bienvenida fantástica! –Tilda sacudió la cabeza intentando buscar las palabras adecuadas con las que expresar su incomodidad con el papel que le estaba obligando a representar–. ¿Engañarlos haciéndoles creer que somos una pareja auténtica no te importa?

–Por supuesto que me importa, pero es el menor de dos males. Solo puedo arrepentirme de las acciones que nos han llevado a esta situación, pero también acepto que la verdad sería una vergüenza y un disgusto, no solo para mi familia, sino para mi pueblo. Un respetuoso fingimiento es lo único que podemos ofrecerles.

Tilda estuvo tentada de buscar algo grande y pesado y lanzárselo con la esperanza de que así le diera una respuesta menos lógica y desapasionada.

–Pero esto es una pesadilla.

Acostumbrado a su tendencia por la exageración, Rashad la miró con ojos de aprecio. Incluso después de haber pasado un día que hubiera llevado casi a cualquiera al borde de la histeria, ella aún estaba asombrosa: el pelo glorioso, la piel impresionante, brillante y llena de vida. Durante los diversos encuentros, había tratado de no mirarla, pero el impacto de su belleza había resultado demasiado. Que ella no hubiera mostrado la más mínima señal ante toda esa atención, lo había impresionado. Se había sentido orgulloso de ella.

–No es una pesadilla –dijo él con suavidad.

–Bueno, ¡para mí lo es! –dijo ella permitiendo finalmente que su enfado se le notara en el rostro ante tanta indiferencia por sus sentimientos–. No suelo mentir a la gente. No me siento cómoda fingiendo. No tengo ni la más remota idea de cómo actuar como esposa tuya...

–Puedo ayudarte. Deberías haber entrado en nuestros aposentos, saludado al servicio y aceptado las flores y las felicitaciones. Deberías haber ordenado la cena.

Tilda abrió la boca de par en par. ¿Qué servicio? ¡No había visto ningún servicio! ¿Y por qué volvía a hablar de comida? Después de un día pasando de una conmoción a la siguiente, ¿de verdad era en lo que podía pensar?

–O podías haber subido al piso de arriba derecha a la cama conmigo –señaló Rashad intentando cambiar un hambre por otra que cada ver crecía más al mirarla–. Ahora puedo decirte que el sexo es una de las prioridades de mi lista. Cumple mis expectativas en ese aspecto y te consideraré la esposa perfecta.

Tilda estaba muda de asombro. Por una vez, pudo ver que él no tenía intención de ser gracioso. Se había mostrado tal y como era cuando le había informado de que sus prioridades eran las mismas que las de un neandertal: sexo y comida.

–No aspiro a ser la esposa perfecta y, si esa es la forma en la que se supone que vas a darme ánimos e inspiración, ha sido mucho peor –dijo Tilda–. Me has pedido mi cooperación. Como parecía tener muy poca elección, he seguido adelante con esto, ¡pero no tenía ni idea de lo grave que era la charada que me estabas preparando!

–Nuestro matrimonio no tiene que ser una charada –dijo él con rabia contenida.

–¡Y yo no tengo que ser una concubina con un estúpido matrimonio fingido si no quiero! –afirmó Tilda y se cruzó de brazos.

Estaba dispuesta a cooperar en lo relativo a la ceremonia, pero eso era suficiente. Todo lo que fuera más allá de la cooperación, tendría que ganárselo. Y sus indirectas sobre el sexo y la comida, no iban en la buena dirección.

–Tilda...

–Atrévete a decir solo una palabra más sobre lo mejor que puedo hacer para cubrir tus expectativas y te juro que gritaré hasta que me amordaces –amenazó con la voz una octava por encima de lo normal–. No me estás persuadiendo. Estás tan mal criado, tan acostumbrado a que las mujeres hagan lo que tu quieres...

–¿En qué me estoy equivocando contigo? A lo mejor en hablar demasiado cuando sería preferible pasar a la acción –caminó hacia ella amenazándola con una mirada de fiereza masculina y, sin dudarlo, la abrazó.

Tilda estaba tan desconcertada por ese movimiento en medio de la discusión que perdió unos segundos preciosos que le hubieran permitido retirarse. Entre tanto, Rashad alcanzó su boca con la de él y desencadenó una estremecedora reacción en cadena en todo su cuerpo. Incluso aunque sabía que no debía hacerlo, ella le devolvió el beso con la salvaje urgencia que había ido creciendo en ella como la fiebre, enterrando sus dedos en el negro pelo como si fuesen garras. Lo deseaba, lo deseaba, lo deseaba... ¿solo como concubina? ¿Una concubina favorita? Esas palabras y el recuerdo de cómo la había amenazado con enseñarla a rogar sus atenciones sexuales, volvieron a rondarla. En un brusco movimiento se soltó de él y se alejó unos pasos con unas piernas que apenas la sostenían.

Rashad estaba temblando, su cuerpo gritaba por liberarse. «No me estás persuadiendo», había dicho ella. Se sintió ofendido cuando comprendió el significado de esas palabras. ¿Qué le parecía persuasivo a Tilda? Cuando la respuesta se le hizo evidente, cerró los puños y la odió tanto como la deseaba. La fuerza de ese torbellino interior amenazaba con hacerlo pedazos.

–¿Cuánto? –preguntó en tono iracundo–. ¿Cuánta persuasión económica quieres para meterte en la cama conmigo?

Conmocionada por la pregunta, Tilda se quedó pálida. ¿Aún pensaba así de ella? Por supuesto que sí. ¿No había accedido a acostarse con él como pago de una cuantiosa deuda? Su rabia empezaba a apagarse, pero se sentía horrorizada por la creencia que tenía él de que ella haría cualquier cosa por dinero.

–No quiero tu dinero –susurró apretando los dientes para que no se le notara el temblor de los labios–. Por favor, no vuelvas a hacerme una oferta como esa jamás.

Rashad estaba ansioso por creer que había malinterpretado su conducta.

–¿Entonces por qué nos niegas lo que los dos deseamos?

Con la respiración entrecortada, Tilda se giró en redondo y le dio la espalda.

–El sexo no es tan sencillo para mí como para ti. Puede que haya aceptado proteger a mi familia al precio de mi orgullo, pero ya no estoy en venta. Lo siento si piensas que eso no es honrado –murmuró a la defensiva–, pero creo que es un trato justo que haya aceptado actuar como tu esposa para agradar a todo el mundo. Mantendré la actuación todo el tiempo que me pidas. Será un reto increíble, ya que no puedo pensar en mí misma como tu esposa.

Luchando para controlar su hambre de ella, Rashad la contempló con pasión.

–¿He malinterpretado lo que querías decir con persuasión?

Tilda dejó escapar una risa ahogada.

–Sí, pero no te preocupes por eso. Todo lo que te pido son habitaciones separadas.

–¿Es eso lo que quieres? –preguntó con el ceño fruncido.

Rashad apenas podía dar crédito a lo que ella estaba diciendo.

–Es todo lo que quiero, créeme –no lo miró porque no tenía ninguna fe en lo que estaba diciendo, aunque pensaba que era lo que debía decir.

Lo deseaba con cada fibra de su cuerpo, pero no se rebajaría hasta el punto de acostarse con un hombre que asumía la posibilidad de pagarle su placer. Era el peor enemigo de sí mismo, pensó ella con pena. Unas pocas palabras de ruego, incluso una referencia de pasada a la belleza del atardecer del desierto y la hubiera tenido por nada. Pero la adulación y las palabras románticas nunca habían sido el estilo de Rashad.

–Será como tú quieres. Tengo trabajo. Discúlpame –respondió Rashad con una amabilidad escrupulosa.

La puerta se cerró y el silencio lo envolvió todo. Tilda espiró largamente. Se pasó los dedos por los labios y algo como un gemido se formó en sus cuerdas vocales, obligándola a apretar los dientes en busca de autocontrol.

Cenó sola en un comedor con paredes y suelo de mármol. Se comió todo lo que le pusieron delante aunque no le supo a nada. ¿Qué había ido tan mal entre Rashad y ella como para que pudiera tener tan mal concepto de ella? ¿Por qué estaba tan convencido de que se había ido con otros a espaldas de él? Era inteligente, racional. ¿Cuál era esa prueba de su infidelidad que consideraba irrefutable? Sabía que, por su propia autoestima, tenía que descubrirlo.

Allí sentada ella sola, recordó lo locamente enamorada de Rashad que había estado. Recordó momentos estupendos con él, dulzura y pasión. Una vez, el tubo de escape de un coche había hecho mucho ruido en una calle; dando por sentado que eran disparos, Rashad la había tirado al suelo y la había protegido con su cuerpo. La mirada bobalicona que había tenido después había resultado cómica, pero le había llegado al corazón constatar que, un momento antes, cuando creía que estaba en peligro, había antepuesto la seguridad de ella a la suya propia.

Nadie se había ocupado antes realmente de ella. Aunque se había burlado, le había gustado porque, durante demasiado tiempo, ella había tenido que ser la fuerte de la familia y ocuparse de todos los demás. Se había apoyado en Rashad y lo había sentido como un gran apoyo, incluso aunque la fuerza de la pasión que sentía por él le había dado miedo tanto como la excitaba. Decidida a no dejarse herir, había creído que controlaba por completo sus emociones. Después, cuando menos se lo esperaba, se había deshecho de ella, y sus ilusiones se habían desvanecido más rápido que la velocidad de la luz.

Un día todo iba bien y al siguiente todo había terminado. Rashad había quedado con ella para comer. Había estado sentada esperando a que la recogiera. Había pasado la hora, pero no había aparecido; tampoco había llamado. Había tratado de llamarlo a su móvil, pero no había respondido. Al día siguiente, frenética por la preocupación de que le hubiera sucedido algo, había ido a su casa, pero el servicio no le había dejado entrar. Ninguna explicación, ninguna disculpa, nada. Pensando que, de algún modo, podía haberlo ofendido, decidió esperar. Durante unos días había vivido negando su creciente pena, hasta que una tarde, cuando acababa de empezar a ser capaz de no volverlo a ver nunca más, un amigo le dijo dónde podría encontrarlo. Y se fue a buscarlo.

La fiesta era en el apartamento de Leonidas. A través de la muchedumbre, vio a Rashad en un sofá con una sexy pelirroja encima. Rashad, a quien se suponía que no le gustaban esas expresiones públicas de intimidad, estaba besándola. Algo había muerto en el interior de Tilda y ella y todas sus pretensiones de dignidad se hundieron mientras buscaba el camino de salida. Se había marchado convencida de que la había cambiado por una novia sexualmente más disponible. Lo irónico había sido que solo entonces se había dado cuenta de lo que lo amaba.

Mientras revivía el terrible dolor de la traición de Rashad cinco años atrás, alzó la barbilla. De ninguna manera iba a darle la oportunidad de hacerle pasar otra vez por esa agonía. Podía seguir sintiéndose atraída por él como una polilla por la llama de una vela, pero eso no significaba que tuviera que rendirse a su debilidad o dejarle sospechar a él que existía. Los acontecimientos los habían hecho más iguales, se dijo para reforzarse. Estaba obteniendo cooperación en lugar de sexo como devolución de la deuda. Al menos ser su esposa le dejaba alguna dignidad y ya había descubierto que no podía tratar a una esposa como a una concubina.

Cuadró los hombros y la resolución le iluminó los ojos. Podía no sentirse como si estuvieran casados, pero intentaría ser la esposa perfecta en público. Cuando se marchara de Bakhar, el príncipe Rashad y su familia sentirían que habían perdido a una mujer que había sido un sólido activo para él. ¡Y no se quedaría ni por un millón de libras, aunque se lo pidiera de rodillas!

Capítulo 8

EN la tranquilidad de su despacho, Rashad contemplaba los fotogramas de la película por tercera vez. La cámara, obviamente manejada por un hombre cautivado desesperadamente por el exquisito rostro de Tilda, la seguía en todos sus movimientos durante un concierto infantil. Ante la cámara ella era natural y muy fotogénica, y los medios de Bakhar habían sucumbido ante ese primer ataque de fiebre por una celebridad. Cuando sus hermanas habían llevado a Tilda de compras a Jumiah, el tráfico se había detenido porque el interés hacia ella había sido tan grande que los conductores habían salido de sus coches para tratar de verla en carne y hueso.

Alarmado por el tamaño de las aglomeraciones que se habían formado esa mañana, Rashad no había perdido el tiempo y había triplicado el equipo de seguridad. También había puesto al mando a un hombre de más experiencia. Ella era increíblemente popular. Pasó de nuevo la película y absorbió las prolongadas sonrisas de su radiante esposa, su relajada calidez con los niños, y el interés que mostraba en cada persona que se dirigía a ella. Su inteligencia y carisma generaban muchos comentarios de admiración. Tilda podía parecer una bella reina de la moda, pero cuando un bebé le dejaba la huella de una mano pringosa en un vestido, se limitaba a reírse y a limpiárselo ella misma. En menos de un mes, se había convertido en el rostro más conocido de Bakhar, después del de su padre y de el de él mismo.

Así que, ¿por qué se decía que la cámara nunca mentía? ¿Era esa la misma mujer que un día lo había engañado, le había sacado dinero mientras se acostaba con otros? ¿Era el hecho de que aún no se hubiera acostado con él una prueba de que todavía existía esa persona sin escrúpulos? ¿Era sencillamente una actriz fantástica? ¿Le estaba dando a la gente lo que quería del mismo modo que hacía el papel de inocente en su propio beneficio? Después de todo, Rashad estaba deseando reconocer que su inocencia era lo que había deseado la primera vez que la había conocido. Entonces, había sido demasiado idealista como para desear una sucesión de mujeres diferentes en su cama. Lo que más había querido había sido una esposa. Tilda había aparecido ante él como una perla de valor incalculable y la había puesto en un pedestal.

Con una sonrisa en el rostro, Rashad congeló la imagen de Tilda en la pantalla. La mujer de la película era una versión más adulta de la chica que recordaba y que tan profundamente lo había perturbado. En el segundo encuentro, armado con el conocimiento de su avaricia y promiscuidad, había esperado descubrir rápidamente su falsedad y otros defectos. Pero Tilda estaba consiguiendo mantener el lado oscuro realmente bien oculto a la vista de él y a la de todo Bakhar. Poca gente era del todo mala o del todo buena, se dijo impaciente. ¿No era posible que ella hubiera descubierto lo errada de su conducta y hubiera cambiado? ¿Cómo podía él mismo dudar un solo momento de que ella era culpable? ¿No era eso lo que realmente le preocupaba?

Con un movimiento súbito, Rashad fue derecho a la caja fuerte y la abrió. Tuvo que buscar en el fondo para encontrar la fina carpeta de seguridad que buscaba. El informe, elaborado por un detective privado británico, estaba escrito en inglés. Rashad recordó la batalla que había sido entenderlo la primera vez que lo había leído y la conmoción que había provocado en él. Aún sentía desasosiego solo con mirar la cubierta con el nombre de ella. Recordó que había llegado hasta él directamente desde una fuente impecable. Sintió que necesitaba volverlo a leer, pero creyó que sería descortés con Tilda siquiera abrirlo dos días antes de la boda.

Sintió que su tensión se aflojaba, su mirada brilló como el oro. En dos días Tilda sería suya al cien por cien. Ya no tendrían fundamento sus quejas sobre leyes y costumbres medievales. Ya no habría ninguna duda de que su unión era legal y sincera. Una sonrisa de satisfacción se dibujó en su sensual boca. Consciente de que necesitaba su cooperación antes de la boda de estado, Rashad había representado el papel de la contención. Pero la contención tenía sus límites: la novia se acostaría con él la noche de bodas.

Sonó el teléfono y le informaron de que la familia de Tilda estaba a punto de llegar. Rashad miró el informe y lo metió en su maletín. Decidido a otorgar a su madre y sus hermanos toda la cortesía y sintiendo curiosidad por volverlos a ver, Rashad salió de su despacho para estar al lado de Tilda. Realmente no había sido invitado a hacerlo, pero esta dispuesto a olvidar ese pequeño desaire.

Tilda rodeó con sus brazos a Katie y a Megan y, si hubiera tenido un tercero, habría abrazado también a James. Aubrey sacudía la cabeza y miraba sorprendida el esplendor y el tamaño del palacio.

—Demasiado para el trabajo de contable del que hablabas —bromeó Katie—. Aquí estás, cubierta de ropa de diseño, viviendo entre el lujo y apunto de casarte con el amor de tu vida. Evidentemente os mirasteis dos veces y os lanzasteis al agua de nuevo. Lo único que hace que no sea perfecto del todo es que mamá no esté aquí.

Tilda suspiró de acuerdo con ella.

–Lo sé. Está eufórica por que me case con Rashad, pero realmente triste de no poder estar con nosotros.

–Mamá está mucho más feliz y menos nerviosa –le dijo en confianza su joven hermana–. Aubrey cree que haberse perdido tu boda puede haber sido el empujón que le haga recurrir a la ayuda profesional que necesita.

Habían hablado por teléfono con cierta frecuencia desde que Tilda se había marchado, así que sabía que Beth estaba mucho mejor de salud y más tranquila desde que había dejado de preocuparse por las deudas. La preocupación había sido la causa del empeoramiento de su madre. El final de las amenazadoras visitas de Scott también había ayudado.

–¡Rashad! –gritó de pronto Megan y se lanzó a través de la sala para detenerse con una duda repentina a unos centímetros del hombre que un día había idolatrado.

Riendo por la ruidosa y entusiasta bienvenida, Rashad se acercó a la niña y se inclinó para hablar con ella.

–Es como un cuento de hadas –dijo Katie poniendo los ojos en blanco–. Tan guapo. Siempre amable y encantador. ¿Por qué demonios rompisteis hace años? ¿Una discusión estúpida?

–Algo así.

–Hay algo que deberías saber. ¿Te acuerdas de los periodistas que os esperaban en el aeropuerto? –murmuró Katie dubitativa–. Fue culpa de James y se siente fatal.

–¿Cómo demonios va a ser culpa de James? –preguntó Tilda.

–Papá... Scott –Katie sonrió–. James llama por teléfono a Scott algunas veces y le contó algo sobre Rashad
y tú. No es raro pensar que Scott le pasó la noticia a alguien, a lo mejor por algo de dinero.

Tilda se sintió aliviada por descubrir quién había
sido el responsable, pero preocupada por que su hermano pequeño mantuviera contacto con su padre.
Respiró hondo y contó a Katie que Scott le había estado quitando dinero a su madre. Katie regañó a Tilda
por no habérselo contado antes y prometió advertir a
James.

La atención de Tilda volvía siempre a Rashad. Su
aparición la había desconcertado. Era un reto apartar
los ojos de su hermosa figura. Había sabido muy poco
de él el último mes. Sus días habían estado llenos de
Historia, Lengua y lecciones de protocolo, por no
mencionar las pruebas de ropa, las excursiones de
compras y los innumerables actos sociales con la familia extensa de Rashad y las apariciones públicas.

Todas las noches había caído en la cama exhausta
y había permanecido despierta en vano intentando
averiguar si Rashad volvía a casa. Inútil dado lo sepa-
rados que estaban sus dormitorios. De forma lenta
pero segura, su fría separación había empezado a en-
furecerla. Un miembro del equipo de Rashad le había
llevado un sobre precintado en el que estaban todos
los documentos de cancelación de la deuda y de ins-
cripción de la casa a nombre de su familia. Ella le había mandado una educada nota de agradecimiento.

Pero no había conseguido la respuesta deseada,
porque él no había ido a verla. Ella le había dicho que
la dejara en paz y Rashad, que nunca había hecho lo
que ella le decía, la estaba dejando en paz. Al principio se había dicho que aquello demostraba que no ha-

bía ninguna realidad en la afirmación de él de que su matrimonio no tenía por qué ser una charada. Pero pronto había sido consciente de que su exigencia de habitaciones separadas había sido una forma de garantizar que su relación siguiera siendo un fraude. Por mucho que le doliera reconocerlo, ella quería mucho más de él.

La jornada laboral de Rashad empezaba pronto. En cuanto Rashad salía del edificio, ella corría por el pasillo y atravesaba un patio hasta la habitación de él para comprobar si su cama había estado ocupada la noche antes. Sabía que tenía una gran reputación de mujeriego, así que había desarrollado la costumbre de comprobar continuamente que no hacía nada sospechoso. Estaba tan al tanto de la agenda de Rashad como el más experimentado de los miembros de su equipo.

Se levantaba a las cinco para correr por la arena del desierto. Se duchaba a las seis. Con frecuencia desayunaba y cenaba con su padre y tenía comidas de trabajo con su equipo. Raramente comía a mediodía. Trabajaba muy duro. Había salido dos veces al extranjero por asuntos de trabajo y ella no había dormido nada preocupada de que lo que estuviera haciendo era reponerse de esas semanas de abstinencia sexual. Todos los días le enviaba flores a ella y, si se habían visto poco, la llamaba por teléfono. Si ella estaba callada o enfurruñada, él llevaba el peso de la conversación. Sus modales eran insultantemente correctos, su reserva impenetrable. Tilda estaba convencida de que hubiera sido capaz de mantener una conversación agradable con un muro de ladrillo. Permanecía imperturbable ante sus comentarios más ácidos. A veces, le habría gustado lanzar alaridos por el teléfono para ver si así conseguía provocar alguna reacción en él, pero si hubiera hecho algo así, se habría sentido terriblemente infantil.

En ese momento lo observaba hablando con sus hermanos y recibiendo una cálida respuesta por parte de todos ellos. Era bueno con la gente, conseguía rápidamente que se encontraran a sus anchas. Incluso Aubrey sonreía y James, con frecuencia un adolescente silencioso, charlaba distendido.

–¿Dónde está tu madre? –preguntó a Tilda en un aparte unos minutos después–. ¿El viaje la ha dejado muy cansada? ¿Ha subido arriba a acostarse?

Tilda se puso de inmediato a la defensiva.

–No está aquí. No ha podido venir.

–¿Por qué no?

–No te lo voy a decir y arriesgarme a que me digas que te cuento historias lacrimógenas.

–Tilda –dijo Rashad mirándola con unos ojos oscuros como la medianoche.

Tilda se ruborizó y se le secó la boca. Cuando lo miró, sintió como si mil mariposas volaran en su estómago.

–De acuerdo. Mi madre sufre agorafobia. Hace más de cuatro años que no sale de casa. Nunca. No puede.

–¿Agorafobia? –repitió consternado–. Deberías habérmelo dicho.

–¿Por qué? Estabas en proceso de desahuciarla. No te interesaban los aspectos humanos de la historia. Ahora es demasiado tarde para hablar como el señor Compasión –lo acusó.

–He sido duro contigo, pero nunca he sido injusto –respondió finalmente Rashad–. Alguien debería haberme dado una versión real de los hechos.

–No te habría interesado.

–Tenía buenas razones para desconfiar. Pero tu familia ahora es mi familia. Haré todo lo que esté en mi mano para asegurarme de que tu madre recibe el mejor tratamiento posible –miró a Tilda a los ojos–. Pasado mañana es nuestra boda.

Tilda dejó escapar un suspiro teatral.

–¡Cómo si pudiera olvidarlo!

Rashad soltó una sincera carcajada. El día nunca acababa de llegar.

–Lo único que puedo decir es... que estás increíble –dijo Katie soñadora.

Tilda dio un giro sobre sí misma delante del espejo de cuerpo entero. Su vestido de novia era glorioso: de un blanco prístino y cortado para realzar su graciosa figura, tenía la sencilla elegancia que confieren el tejido y el estilo. Sus dos hermanas parecían felices con sus dos vestidos a juego del color del cobre pulido que se habían hecho a medida en Londres. La hermana mayor de Rashad, Durra, actuaba como dama de honor en la primera ceremonia a la que luego seguiría la ceremonia bakharí una hora más tarde.

Le llevaron un teléfono a Tilda. Era su madre. Su felicidad era patente a pesar de los miles de kilómetros que la separaban de su hija. Beth le explicó que Rashad había hecho que le pusieran en casa una conexión de vídeo que le permitiría seguir la boda en directo. Tilda sintió que le hacía un nudo en la garganta. Su consideración para con su familia volvía a sorprenderla. Cuando se había enterado de que sus hermanos se marchaban inmediatamente después de la ceremonia porque tanto Audrey como Katie tenían exámenes, había organizado un recorrido turístico para ellos el día antes.

Llamó a Rashad para agradecerle la conexión de vídeo de su madre.

–No es nada –protestó él.

–Significa mucho para mi madre –dijo Tilda entrando a su cuarto de baño en busca de privacidad–. Cree que esta boda es real, así que es un gran día para ella.

–Para mí también, y para Bakhar –murmuró Rashad con frialdad.

–No quería decir... oh, por Dios, ¡por qué no dices nunca nada sin pensarlo! –rugió Tilda saliendo del baño con los ojos brillantes y aún hablando por teléfono–. Solo estoy discutiendo con Rashad, Katie, no es nada nuevo.

–Tilda –dijo Rashad arrastrando las palabras–, no te equivoques, esta boda es real...

Rashad, devastadoramente guapo con un traje gris con chaleco y pantalones a rayas, la esperaba en una sala muy bien decorada en la que estaba la familia cercana. La boda cristiana, celebrada por un capellán de la embajada británica, fue breve y bonita, y las sencillas palabras de la ceremonia tenían una familiaridad que emocionó a Tilda. Rashad deslizó un anillo de platino en el dedo de ella y ella hizo lo mismo con otro igual. Por primera vez se sentía casada.

–Estás fantástica de blanco –dijo Rashad en tono confidencial.

Al encontrarse con su mirada, Tilda se estremeció. Después de haber posado ambos para las fotos oficiales con el rey Hazar, se llevaron a Tilda para vestirla y presentarla como una tradicional novia bakharí.

Asistida por media docena de pares de manos y perdida en medio de una multitud de mujeres que parloteaban, Tilda fue llevaba a un suntuoso cuarto de baño. Un aromático baño con pétalos de rosa la esperaba. Mientras se bañaba, oyó música en la sala contigua y sonrió. Había un maravilloso ambiente de diversión. Salió envuelta en una toalla y supo que solo había superado el primer escalón de una sucesión de pasos para preparar a la novia. Se prestó a que le lavaran el pelo con lo que una de sus cuñadas le explicó que era un extracto de ámbar y jazmín. Lo dejó suave como la seda y deliciosamente perfumado.

Después de que la pusieran en un sillón, Tilda fue gentilmente masajeada con aceite aromático y se relajó por primera vez en todo el día. Durra le preguntó si le importaba que le decoraran las manos con henna. Tilda accedió y miró fascinada como dos mujeres le dibujaban unos delicados motivos en manos y pies. Le sirvieron té de menta.

—A los hombres no se les da muy bien esperar por lo que desean —comentó Durra en tono alegre—, pero Rashad es una excepción. Han pasado años desde la primera vez que mencionó tu nombre y aquí estás. Por fin su novia.

La sorpresa hizo a Tilda ponerse tensa.

—¿Ya sabíais de mí? Quiero decir... ¿Rashad os habló de mí?

Durra la miró con aprensión.

—A lo mejor no debería haberlo mencionado...

—No, no pasa nada —la tranquilizó Tilda, que se sentía satisfecha de pensar que había sido lo bastante importante en su vida como para haber hablado de ella a su familia.

Al mismo tiempo, eso le hizo estar más decidida a saber qué había acabado totalmente con su relación. ¿La habría visto con un compañero de trabajo o algún compañero del curso de verano? ¿Había malinterpretado lo que había visto? ¿Tenía problemas de celos? ¿Había mentido alguien sobre ella?

Se organizó un jaleo por la llegada de una caja de madera labrada recubierta de madreperla. Tilda levantó la tapa y vio, en medio de un coro de ohs y ahs, un intrincado tocado de antiguas monedas de oro y una increíble cantidad de adornos hechos con turquesas. La última en usarlo debía de haber sido la madre de Rashad el día de su boda. El antiguo collar, los pendientes y los brazaletes habían pasado por muchas generaciones de novias.

Tilda se sentó mientras la peinaban y la maquillaban. Sus hermanas, con los ojos abiertos de par en par, le advirtieron que el resultado era muy distinto de a lo que estaba acostumbrada. Extendieron un caftán bordado de maravillosos colores para que lo admirara. Solo cuando terminaron de vestirla, le permitieron que se viera en el espejo.

–¡Bienvenida al siglo XVI! –le susurró descarada Katie al oído.

Desde los brillantes ojos realzados con kohl, hasta el pelo plateado, que parecía formado por capas de seda bajo el tocado de novia, había un esplendor exótico en su aspecto. Tilda se preguntó si Rashad vestiría según la forma tradicional de Bakhar.

La llevaron a una enorme sala ricamente decorada llena de gente, pero la única persona de la que fue consciente fue de Rashad. Llevaba un uniforme militar en azules y dorados, un sable colgando de un lateral. El corazón le dio un vuelco en cuanto lo vio. Dejó que la parte más interior de su muro de orgullo se suavizara un instante y reconoció que Rashad no solo estaba atractivo y sexy, sino que la verdad era que tenía que reconocer que siempre había tenido la secreta convicción de que era el amor de su vida. Aunque le hubiera hecho daño y decepcionado, aún despertaba en ella sentimientos más fuertes que ningún otro hombre. Aún lo amaba. Quizá, razonó triste, ya que eran marido y mujer, había llegado la hora de que dejara de luchar contra él y le diera una segunda oportunidad.

De pie, Rashad la agarró de la mano y le dijo en un murmullo:

–Estás tan hermosa... Sé que está mal que lo piense, pero todos los hombres deben de tener envidia de mí.

Tilda pasó como en un sueño a través de la ceremonia que siguió a continuación. Abrió su corazón a las emociones y al reconocimiento de que se sentía curiosamente en paz consigo misma. La recepción empezó con un opíparo festín. Ella estaba sentada al lado de Rashad en una butaca como un trono y con una sonrisa de calma en los labios mientras observaba una actuación ceremonial de una danza de espadas. Después de los bailes, se recitaron poesías y canciones y se procedió a la entrega de magníficos regalos. Salieron a un balcón a ver una carrera de camellos más allá de las murallas.

En la acalorada discusión que tuvo lugar después de la carrera, Rashad la tomó de la mano y la llevó hacia una escalera interior.

—Ahora por fin podemos estar solos.

—¿Podemos desaparecer en medio de todo esto?

Rashad la observó con ojos abrasadores y la besó con pasión. Como respuesta fue muy efectivo. La conciencia de Tilda del mundo que la rodeaba desapareció en una vorágine hasta que él volvió a levantar la cabeza.

—¡Has pasado el último mes prácticamente ignorándome! —pudo decir Tilda tras recobrarse.

—Pero si me dijiste que querías que te dejara en paz —le recordó Rashad sombrío mientras bajaban las escaleras—. Dijiste que querías dormir apartada de mí.

Tilda se detuvo a mirarlo y sintió que un escalofrío de deseo le recorría el cuerpo.

—Esta noche no, pero...

—Sin condiciones —interrumpió él.

—Solo una pequeña —dijo ella zalamera—. Tienes que decirme lo que pasó realmente hace cinco años. Quiero saber lo que te hizo volverte contra mí.

Desconcertado por la demanda, Rashad respiró hondo.

—¿Quieres revivir el pasado en nuestra noche de bodas? ¿Estás loca?

–¿No tengo derecho a saberlo?

–Sí –concedió él, pero reacio–, pero no esta noche.

Tilda pensó que eso podía tener sentido y se apaciguó un poco. Aun así, no quería dejar el tema hasta saber un poco más.

–¿Qué clase de pruebas tienes?

–Un informe de seguridad –dijo Rashad con la esperanza de que al revelar la fuente ella se retirara diplomáticamente.

No creía que tuviera ningún sentido pasar por la incómoda situación de examinar unas pruebas que solo le parecerían degradantes.

Tilda estaba sorprendida por ese reconocimiento.

–¿Y cómo demonios accediste a un informe de seguridad?

–Lleva en mi poder mucho tiempo. Nadie más lo ha visto –dijo molesto–. Justo ahora está en mi maletín.

Satisfecha, Tilda no dijo nada más. Al día siguiente, sería el momento de revivir el pasado. Respecto al presente, Tilda se dio cuenta de que quería aprovechar al máximo el día de su boda.

Capítulo 9

EL magnífico dormitorio que ni Tilda ni Rashad habían ocupado antes estaba decorado con flores y recordaba a un cuento de hadas. Tilda estaba encantada.

Rashad vio como acariciaba con reverencia el blanco capullo de un lirio. Se acercó y le acarició la mano.

–Este es mi regalo de bodas –dijo mientras le deslizaba un impresionante diamante ovalado en uno de sus dedos–. Un anillo de compromiso. Nunca hemos estado comprometidos, pero me gustaría que este regalo fuera como un nuevo comienzo para los dos.

Tilda sintió que los ojos le escocían. El diamante tenía un brillo cegador. Estaba muy afectada por lo que él acababa de decir porque lo que le estaba ofreciendo era lo que deseaba su corazón. Más que nada en el mundo, deseaba creer que tenía un futuro con él. La elección de ese regalo le decía mucho más de lo que él hubiera sido capaz de explicarle.

–Es precioso –dijo ella.

Rachad le quitó el tocado de monedas de la cabeza con mucho cuidado y lo dejó a un lado. Después, las joyas de turquesa una a una.

–Significa mucho para mí verte con estas gemas.

–¿Te ha dicho alguien alguna vez que estás impresionante en uniforme? –murmuró Tilda.

–No –dijo Rashad con sinceridad y una sonrisa divertida.

–Bueno, pues lo estás –dijo ella brusca.

–Te deseo tanto que me hace daño –dijo Rashad casi sin aliento mientras deslizaba la punta de la lengua entre los labios de ella.

Al acercarse más a él, notó la evidencia de su excitación a través de la ropa y una mezcla de nervios y anhelo la llenó. Rashad se quitó el tahalí y se desabrochó la chaqueta. Tilda lo ayudó con manos torpes por la impaciencia. Había esperado demasiado tiempo ese momento. Se preguntó si se daría cuenta de que era su primer amante. Esperó que así fuera. Entonces tendría que reconocer lo equivocado que había estado y ella aceptaría graciosamente sus disculpas.

Rashad le desató la faja que le ceñía la cintura y le desabrochó el pesado caftán dejándolo caer al suelo. Tilda sintió que el deseo la inundaba y apretó los muslos avergonzada. Sintió pequeños estremecimientos que le recorrían todo el cuerpo. Estiró el cuello y se encontró de nuevo con la boca de él. Se quedó allí atrapado, sujetándola con una mano en la espalda, la redondez de los pechos contra la poderosa pared de su torso. Mientras seguía besándola con urgencia, el corazón de Tilda latía a toda velocidad en el interior de su pecho y una deliciosa ola de calor le bajó por el vientre.

Rashad se separó de ella y con unos ojos dorados que la quemaban como fuego, la miró mientras le quitaba la combinación de encaje tan fino como una tela de araña.

–Demasiadas capas innecesarias –se quejó.

Aún con las bragas y el sujetador puestos, Tilda se ruborizó, salvajemente consciente de su efecto sobre él. Él se quitó el uniforme. Mirando con una fascinación culpable, pensó en lo hermoso que era, desde la dorada y suave piel de sus anchos hombros, a sus largos y fuertes muslos, pasando por el musculoso pecho. Su escrutinio se detuvo justo debajo de la delgada cinturilla de sus calzoncillos, donde el explícito contorno de su llamativa masculinidad era demasiado evidente como para poder apartar los ojos.

–Ven aquí –urgió él.

–¿Podemos hacerlo muy despacio? –preguntó Tilda bruscamente.

La sorpresa y la diversión hizo sonreír a Rashad. Dejó que sus dedos recorrieran lentamente la pálida piel.

–¿De qué tienes miedo? Seguro que no de mí, ¿verdad?

Tilda se puso colorada al ser consciente de que había sido una pregunta demasiado reveladora.

–No seas tonto.

Rashad desabrochó el sujetador con habilidad y dejó escapar una expresión de satisfacción mientras con las dos manos envolvía los redondos y firmes pechos que había dejado en libertad.

–Te prometo que esta noche solo encontrarás placer en esta cama.

–No tengo tanta experiencia como tú crees –dijo Tilda aún tensa.

Rashad apretó la mandíbula porque no quería que nada le recordara a los hombres con quienes había traicionado su confianza. Apartó esos pensamientos de su cabeza. Si dejaba que la ira volviera a afectarlo, todas sus promesas de un nuevo comienzo, serían algo vacío. Así que inclinó la cabeza y volvió a besarla mientras acariciaba los rosados capullos que coronaban los pechos.

La sensación de líquido que Tilda notó en la unión de sus muslos se convirtió en un nudo de dolorosa anticipación. Respiró hondo, pero se le escapó un gemido de desconcierto cuando él bajó y pasó una habilidosa lengua por uno de sus pezones. A esa audaz

caricia le siguió el roce de los dientes que convirtieron
a los suaves capullos en puntas duras y rígidas.

–Rashad... –susurró ella retorciendo las caderas en
un vano intento de aliviar el palpitante deseo que sus
caricias habían despertado.

–¿Te gusta? –preguntó con una suave risa de satisfacción–. Creo que te va a gustar todo lo que te voy a
hacer.

La besó de nuevo mientras una mano bajaba hasta
las caderas para quitarle la última prenda que le quedaba. Consciente de pronto de que estaba completamente
desnuda. Tilda se puso tensa y hubo una punzada de
inseguridad en el modo en que enredaba su lengua con
la de él. Rashad la tomó en brazos y la dejó en la cama
con mucha suavidad. Se quitó los calzoncillos y se
unió a ella sobre el colchón. Su mirada recorrió el pálido contorno del cuerpo de ella.

–Quiero darte placer –murmuró Rashad con voz
ronca–. Tanto como tú deseas complacerme a mí.

–¿Complacerte? –susurró ella desconcertada.

Rashad le tomó una mano y se la llevó a la parte
de su cuerpo que ella había intentado no mirar. El tamaño la dejó consternada al mismo tiempo que semejante grado de intimidad la fascinaba. Se ruborizó al
notar el acerado calor y la suavidad de satén de su
sexo. El desconcierto dejó pasó a la curiosidad cuando
él se dejó caer sobre las almohadas y gimió de puro e
irreprimible placer. En respuesta, el calor y la humedad ocuparon el suave centro de ella.

–¿Qué tal lo hago? –susurró temblorosa.

–Demasiado bien para mi propio control –Rashad
enterró los dedos en el pelo de ella y le dio un lujurio-
so beso casi de castigo mientras la ponía de espaldas
contra la cama.

Deslizó unos dedos entre los dorados rizos del vientre de ella y Tilda se estremeció de pronto plenamente

consciente del calor y la humedad de esa oculta parte. Rashad encontró el punto más dulce y ella gimió mientras enterraba el encendido rostro en el hombro de él. Era salvajemente sensible a lo que él le hacía. Movía la cabeza atrás y adelante mientras arqueaba la espalda en un desesperado intento de liberar la insoportable tensión que crecía dentro de ella. Rashad comprobó su suave y húmedo calor con un solo dedo. Consumida por la fuerza de su propia respuesta, ella gritó de pura necesidad.

Nunca había siquiera soñado que pudiera desear como lo hacía en ese momento.

–Rashad... ¡Por favor!

Pero solo cuando su anhelo de ser llenada se había convertido casi en algo doloroso, él se movió y se colocó entre sus muslos. Lo urgió con todas sus fuerzas, clavándole los dedos. Con un sonido de placer masculino dio un paso dentro de su delicado pasaje, conteniéndose con dificultad al notar que estaba muy apretado.

–Eres maravillosa –dijo él con la respiración entrecortada.

Tilda no podía hablar, todo lo que podía hacer era disfrutar del violento deseo que él había despertado y de las asombrosas nuevas sensaciones que estaba descubriendo. Solo cuando él profundizó la penetración sintió algo de malestar. La tomó completamente por sorpresa y luego, rápidamente, experimentó una punzada de dolor cuando él completó la posesión. La última punzada le arrancó un involuntario quejido.

–Tilda... –incrédulo, la miró desde arriba.

Por un segundo había creído encontrar una barrera, pero había pensado que era una estupidez, no tenía sentido. Era evidente que no podía ser virgen. Tenía que haber sido su imaginación.

–¿Te he hecho daño?

–No... no –musitó ella, consciente apenas que lo que estaba diciendo.

Olvidadas todas las molestias, en su cuerpo solo quedaba el deseo. Estaba al borde de un precipicio de sensualidad, lista para volar. Sintiendo que ese sobrecogedor deseo la impacientaba, arqueó la espalda hacia él en un instintivo movimiento de urgencia.

Con un rugido, Rashad sucumbió a su invitación. El cálido y viril deslizamiento de su carne dentro de ella la sumergió en un sensual mundo de puro placer. Cautivada por el descubrimiento, ella se levantó hacia él para facilitarle la entrada. El creciente ritmo incrementaba su hambre de él haciendo que todo se desvaneciera excepto la excitación que él había desatado. Tilda alcanzó el clímax y se entregó a las convulsiones que la devoraron.

Un momento después, envuelta en una pesada languidez, se preguntaba si sería capaz de volverse a mover. Dentro sentía una especie de cálida miel y una felicidad optimista. Estaba sorprendida por lo cerca que se sentía de Rashad. Él la besó lenta y profundamente y después rodó llevándosela con él. Contenta, se acurrucó encima de él. Bajo su mejilla, el corazón latía fuerte y seguro.

Con un suspiro, Rashad la incorporó y la puso delante de él para poder mirarla.

–Te he hecho daño... perdona.

–Lo has notado, ¿verdad? Pero eres tan testarudo –murmuró Tilda con ternura mientras le acariciaba la boca con un dedo–. Tan testarudo que no puedes ver que dos y dos son cuatro y llegar a la respuesta correcta. Parece que lo tendré que hacer yo por ti. Era virgen.

Rashad la miró incrédulo con el ceño fruncido.

–Eso no es posible –murmuró entre dientes.

Tilda se incorporó e hizo un gesto de dolor ante la inesperada punzada que le recordó lo íntimamente unidos que habían estado unos minutos antes.

En un movimiento igual de repentino, Rashad se

sentó descolocando la ropa de la cama. Se quedó completamente en silencio cuando vio la prueba de la pérdida de su inocencia en la sábana blanca. No podía haber habido otro hombre en su vida, ninguno, tampoco ninguna aventura seria. Era imposible; la miró a los claros y expectantes ojos y supo que lo estaba retando a que volviera a no creerla.

–Creo que me debes una explicación... y un poco de humildad no te vendría mal –dijo Tilda con suavidad gozando del momento de poder–. ¿Eres realmente un celoso patológico? Porque necesito saberlo si ese es el problema.

–Ese no es el problema –dijo Rashad forzado.

–Quiero ver ese informe...

–Eso es imposible –no podía imaginarse nada más desastroso que enseñarle ese sórdido informe que había acabado con su fe en ella.

¡Otro insulto que añadir a la ofensa original!

–No tienes elección.

–Me he equivocado contigo. Te he juzgado mal –asentía con la cabeza apenas capaz de pensar con claridad. Estaba intentando digerir lo que acababa de saber, pero no era capaz de ir más allá porque el error que había cometido cinco años atrás había sido demasiado grande–. Solo puedo pedirte que me perdones.

Tilda estaba realmente insatisfecha con esa reacción. No sabía qué había esperado exactamente de él, pero una negativa a hacer lo que le pedía, no era aceptable.

–¿El informe?

–No, lo siento –con un fuerte movimiento, Rashad, saltó de la cama decidido a aclarar su cabeza antes de decirle a ella una sola palabra más–. Necesito una ducha.

En medio de una tormentosa estupefacción, Tilda lo vio desaparecer en el cuarto de baño. Realmente a él no le importaba, pensó llena de dolor. Se sentía tan rechazada… Le daba igual haber sido su primer amante. ¿De verdad se había creído que él pensaría que ella era algo especial? ¿No resultaba patética? Salió de la cama presa del dolor y la rabia. ¡Cómo podía ser tan estúpida! ¿Por qué siempre hacía lo mismo con él? Lo amaba, tuvo que reconocer. Nada había cambiado en cinco años. Seguía buscando algo que no podía tener.

Buscó el caftán de la boda y se lo puso. Se cerró la cremallera con manos frenéticas. Miró de soslayo la cama, el escenario de su humillación. ¿Por qué había pensado que un anillo de boda lo cambiaría todo? ¿Pero, sobre todo, por qué había pensado que la intimidad sexual haría que todo se arreglara entre los dos? Iba de camino a su dormitorio cuando recordó que él había admitido que el informe estaba en su maletín. Le brillaron los ojos. Sin dudarlo, cambió de dirección y fue al despacho de él.

En el cuarto de baño, Rashad permanecía de pie con los puños apretados bajo el potente chorro de agua. ¿Qué podía decirle a ella? ¿Con qué palabras podría expresar el arrepentimiento por su falta de confianza? Estaba seguro de que no existían palabras para expresarlo. Sobre todo después de lo que había pasado con ella y con su familia. Solo podía echarse la culpa a sí mismo por haber añadido la venganza a su lista de pecados. La vergüenza lo cortaba como un cuchillo. Apoyó los hombros en los fríos azulejos. Un nudo de rabia estaba empezando a ocupar el lugar donde normalmente se encontraba su racional autocontrol. Se estremeció al recordar el informe y lo que le había supuesto a ella... y a él.

Semejante calumnia solo podía haberse autorizado al más alto nivel. El sudor empapó las cejas de Rashad. Su mente retrocedió cinco años. Recordó la tibia reacción de su padre cuando su hijo le había hablado de su proyecto de casarse con una inglesa. El rey había urgido a su hijo a esperar y considerar todos los aspectos antes de lanzarse a un compromiso tan importante. Acostumbrado a la independencia, a las decisiones ejecutivas, Rashad había rechazado la sugerencia de que no podía confiar en sí mismo a la hora de elegir a su esposa. No se había hecho ningún comentario cuando había comunicado que la relación había terminado. En ese momento, Rashad entendía qué significada el silencio de su padre. Durante toda su vida había guardado absoluta lealtad a su progenitor. Pero también sabía que, si su padre había autorizado la sórdida destrucción de la reputación de Tilda, no se lo perdonaría jamás. Era un asunto, reconoció sombrío, que tenía que abordarse de inmediato.

Revolviendo en el maletín de Rashad, Tilda finalmente encontró lo que buscaba. Tragando con dificultad, sacó la carpeta. Dejó el maletín bajo la mesa y se marchó a su dormitorio preguntándose si Rashad habría notado ya su desaparición y, si era así, qué haría. En la distancia, podía oír el sonido de música en directo: los invitados aún seguían de fiesta.

Se sentó en la cama y abrió la carpeta. Tenía el corazón en la garganta y se regañó a sí misma: todo lo que estaba a punto de ver era fruto de un malentendido, lo más probable era que el nombre de algún amigo hubiera sido erróneamente relacionado con ella. Aparecía su dirección en la residencia de estudiantes en la que había alquilado una habitación aquel verano. Lo que no estaba preparada para ver era la serie de mentiras que narraban una sucesión de hombres, cuyos nombres no había oído jamás, y que declaraban que habían pasado alguna noche en su habitación. Eran muy precisos en las fechas y los tiempos. Evidentemente había sido víctima de una sórdida conspiración para destruir su buen nombre. Estaba destrozada por la constatación de que Rashad la hubiera creído capaz de tal promiscuidad.

De pronto se sintió invadida por una explosiva mezcla de rabia y dolor. ¿Cuánto más iba a aguantar? ¿Qué decía de ella que estuviera deseando aceptar lo que Rashad estuviera dispuesto a darle? Cinco años antes, su rechazo había destruido su orgullo, su paz y su felicidad. Le había roto el corazón del modo más cruel posible. Cuando más recientemente se había acercado a él en busca de compasión, la había tratado como porquería bajo sus reales pies. Le había ofrecido la posibilidad de pagar sus deudas con su cuerpo. Solo su propia preocupación por el futuro de su familia le había convencido de aceptar esas degradantes condiciones.

Y cuando los despiadados planes de Rashad le habían estallado en la cara y había necesitado su apoyo, ¿se lo había negado ella? No, no le había negado nada salvo la inmediata gratificación sexual. ¿Cómo podía haber sido tan comprensiva? ¿Haber estado tan dispuesta a hacer concesiones y a perdonar? En un ataque de odio contra sí misma, se quitó el caftán y entró en el cuarto de baño para lavarse la cara y quitarse el maquillaje. Buscó ropa interior limpia, una blusa y unos pantalones de algodón de entre su propia ropa, no quería ponerse la que le había comprado él. Iba a dejarlo, se volvía a casa con su madre. Podía quedarse con toda su ropa de moda y las joyas de la familia. Dejó el anillo de compromiso en la cómoda que había al lado de la cama. El llanto se le agolpaba en la garganta. Mejor viajar ligera de equipaje.

Se recogió el pelo, se puso una chaqueta y revisó el pasaporte. Arrancó una hoja de papel de un cuaderno y la puso encima de la carpeta del informe que había dejado encima de la cama. Escribió:

No me mereces. No pienso volver. Quiero el divorcio.

Solo cuando alcanzó la entrada del palacio se dio cuenta de que sus guardaespaldas habían salido de no se sabía dónde para seguir cada uno de sus pasos. El pánico la asaltó. Había pensado escabullirse sin que nadie se diese cuenta, y también había pensado que nadie la reconocería con su ropa normal.

–¿Quiere un coche, alteza real? –preguntó Musraf, el único que hablaba inglés de todo el equipo de protección.

–Sí, por favor. Voy al aeropuerto –Tilda intentaba comportarse como si una huida de última hora al aeropuerto su noche de bodas fuera algo completamente normal.

Que la llamaran «alteza real» la enervaba porque no sabía que tenía ese título y le hacía pensar que el anonimato era ya una quimera.

En unos minutos una limusina se detuvo ante la entrada. Musraf la acompañó hasta el vehículo y le preguntó la hora de su vuelo.

–Quiero ir a Londres, pero aún no tengo billete –informó Tilda sin entonación.

Pensaba hacer todas las gestiones al llegar aeropuerto, pero una vez allí, le buscaron una sala privada. Esperó dos horas antes de que le prepararan un avión privado con los colores de la casa real. Se subió al aparato sintiendo que era un descaro total dejar a Rashad recurriendo a uno de sus aviones. Se le ocurrió que una esposa que se esfumaba a las pocas horas de una boda de estado era una situación bastante más embarazosa, así que se inventó una historia para que Musraf se la contara a Rashad.

–Dile que mi madre no está bien y por eso he salido corriendo –le dijo antes de despegar.

Estaba amaneciendo cuando aterrizó en el Reino Unido. Había dormido algunas horas y se encontraba físicamente fresca, su ánimo había tocado fondo. Su escolta estaba cerca y mientras estaba pensando cómo deshacerse de ellos de forma amable, sonó su teléfono.

–Soy Rashad –murmuró su marido haciendo que casi se desmayara–. Nos vemos en la casa de la ciudad en una hora.

–¿Me estás diciendo que también estás tú en Londres? –dijo Tilda en un tono de voz que pareció la versión discreta de un grito–. ¡Eso es imposible!

–Una hora...

–Voy a ver a mi madre...

–Una hora –sentenció Rashad.

–No iré...

–Si no vienes, iré a buscarte a Oxford –informó con despiadada claridad–. Eres mi esposa.

Tilda sintió que le ardía el rostro. Volvió a meter el teléfono en el bolso. Debía haber salido de Bakhar inmediatamente detrás de ella. ¿Su esposa? Su esposa accidental hubiera sido una descripción más precisa. ¿Cuántas mujeres se habían casado sin que siquiera se lo pidieran? Apretó los dientes. De acuerdo, si Rashad quería mantener el tono de confrontación, se enfrentaría a él. No había hecho nada de lo que tuviera que avergonzarse. Aunque salir con él desde el primer momento parecía haber sido su gran error, era él quien parecía un problema con P mayúscula. De principio a fin, eso era lo que había demostrado ser.

Pero por mucho que intentaba mantener su desafiante furia a buen nivel para enfrentarse a él, se entristecía al recordar lo humillante que era el informe. En realidad, ver la clase de cosas de las que Rashad la creía capaz había hecho desaparecer cualquier clase de sentimentalismo de su cabeza. El amor era una pérdida de tiempo con un tipo que podía alegremente hacer el amor con una mujer que pensaba que era una zorra. Ese informe también había revivido el dolor que le había infligido cinco años antes. Bueno, ya no habría más de eso. Ya había hecho bastante daño. Habían pasado cerca de dos horas cuando Rashad entró a grandes zancadas en el salón de reuniones donde justo seis semanas antes había planteado los términos de su relación con Tilda. Desde la ventana, ella lo había visto llegar y había empezado a respirar como si estuviera al borde de un ataque de pánico. No quiso reparar en lo guapo que estaba con un elegante traje negro. Tampoco quería sentir el calor y el estremecimiento que experimentó cuando sus miradas se cruzaron.

–Abriste mi maletín para ver ese informe –dijo Rashad con ira contenida.

–Hubiera volado una caja fuerte para echarle un vistazo y estoy realmente contenta de haberlo visto –respondió alzando la barbilla desafiante.

–Eso no será nunca una excusa para marcharte.

–No me he marchado, ¡me he escapado! ¿Y dónde estabas tú? ¿Cuál fue tu reacción al descubrir que todo de lo que me acusabas era completamente falso? –exigió Tilda retadora con los ojos inundados de lágrimas–. Te fuiste a darte una ducha.

Rashad dijo algo en árabe que sonó como un juramento.

–Estaba conmocionado... trastornado.

–¿Desde cuándo te «trastornas»? –le lanzó Tilda con amargura–. Te he visto frío, enfadado, desdeñoso, callado. Pero nunca te he visto conmocionado o trastornado. Hay un mandamiento que prohíbe que nadie te vea expresar ninguna emoción.

Creciéndose por el desafío, Rashad la miró con los ojos ardientes.

–Me enseñaron desde muy pequeño a no revelar mis sentimientos. Al principio era porque eso era de buena educación, pero antes de que fuera mucho mayor mi seguridad y la de otras personas dependía de mi capacidad para mantener el control. Nunca he tenido la libertad de expresar mis emociones como haces tú.

Al recordar su trayectoria vital, Tilda se sintió culpable, pero no podía evitar sentir que su propio dolor se había incrementado por esa autodisciplina.

—Por supuesto que estaba trastornado –añadió Rashad con fuerza–. ¿Cómo puedes dudarlo? Las inmundas mentiras de ese informe destruyeron lo que habíamos construido juntos cinco años atrás.

—No, tú lo destruiste. Creíste esas inmundas mentiras. Ni siquiera me diste la oportunidad de hablar en mi defensa.

—Creí que la fuente de esa información era totalmente fiable. Cuando anoche comprobé que el contenido del informe era una imperdonable sucesión de mentiras para destruir nuestra relación, supe quién era el responsable. Por esa razón lo primero que hice fue ir a ver a mi padre para averiguar si él había ordenado su elaboración.

—¿Tu padre? –repitió sorprendida.

Una sonrisa se dibujó en el fuerte rostro de Rashad.

—Estuvo más que apurado cuando se lo mostré. No lo había visto nunca.

Montaje o no, Tilda se sintió horrorizada de que se lo hubiera enseñado al rey.

—¿Le has enseñado el informe?

Rashad espiró con fuerza.

—Quería que él viera por sí mismo cómo te habían calumniado. Estaba horrorizado porque cree que es indirectamente responsable. Hace cinco años, se preocupó mucho cuando le dije que quería casarme contigo.

—¿Querías casarte conmigo entonces? –susurró Tilda completamente sorprendida.

—Deja que me explique sin interrupciones –instó Rashad apretando la mandíbula–. Mi padre es un hombre que no se convirtió en gobernante hasta que había pasado de la mediana edad. Cuando te conocí, era nuevo en el trono y muchas cosas lo ponían nervioso. Un hijo y heredero que se quería casar con una extranjera era una fuente de preocupaciones para él.

–Sí.

–Compartió su ansiedad con su consejero más cercano, que al mismo tiempo, estaba a cargo del servicio secreto de Bakhar. No comentaron ninguna forma de abordar el problema. Mi padre no creía que debiera interferir. Pero cuando tiempo después le dije que mi relación contigo se había terminado, se preguntó si el consejero habría actuado por su cuenta. Decidió no preguntarle ni mencionarme a mí las sospechas. Y esas dos omisiones han pesado sobre su conciencia desde entonces. Llamó a Jasim, que ahora es su más cercano colaborador. Jasim trabajó para el consejero de mi padre hace cinco años. Estaba al corriente del informe y muy preocupado por lo que se había hecho –contó Rashad con pesadumbre.

–Al menos alguien sabe distinguir lo malo de lo bueno –murmuró Tilda.

–Jasim guardó silencio por miedo a perder su puesto. Su jefe de entonces está muerto. Jasim te vio cuando fuiste a la embajada de Londres el mes pasado y cuando viniste a mi casa. Creyó que yo había descubierto la verdad sobre el informe y le dijo a mi padre que parecía que tú y yo volvíamos a vernos.

–Pero nadie aclaró nada sobre el informe hasta que ya ha sido demasiado tarde –Tilda había pasado de la conmoción por enterarse de que Rashad había querido casarse con ella hacía cinco años a la amargura de ser consciente de que les habían robado su felicidad–. Y nadie va a pagar por lo que me hizo a mí y a mi reputación.

Rashad observaba cada movimiento que hacía ella.

–¿No lo hemos pagado todos con creces?

Tilda dejó escapar una desgarradora carcajada. Se dio la vuelta para mirar por la ventana a la bonita plaza victoriana.

–No creo que cinco años saliendo con supermodelos, actrices y celebridades haya sido mucha pena para ti, Rashad.

Rashad se volvió del color de la ceniza. Quería que ella lo mirara, pero ella no lo haría. Había en ella un distanciamiento que nunca había visto antes. No sabía qué decirle. No podía negar lo de las supermodelos o las actrices, pero ninguna de ellas había sido rubia porque le hubieran recordado demasiado a ella. Ninguna le había hecho feliz. Ninguna había sido ella.

–No te había olvidado. Nunca he podido olvidarte –dijo casi sin aliento.

Tilda no estaba impresionada.

–Solo por el insulto a tu orgullo. Eso te dolió. Querías venganza.

–Quería que volvieras...

–Querías venganza. Como si no hubiera sido suficiente que me abandonaras sin una palabra. Como si no hubiera sido suficiente que tuviera que verte besando a otra. ¡Como si no hubiera sido suficiente que dejaras a mi madre cargada de deudas!

En respuesta a aquella andanada de acusaciones, Rashad siguió con la mirada perdida.

–Lo que dices es cierto. No puedo defenderme.

–¿Pero sabes cuál es tu peor pecado? ¡Que yo no te importaba lo bastante como para dudar de ese informe! –afirmó furiosa Tilda haciendo que el resentimiento superara a la amargura–. Antepusiste tu orgullo a todo.

–Ahora no lo haría –murmuró Rashad casi para sí.

–Oh, sí, lo harías. Anoche, en lugar de concentrarte en mí, fuiste a darte una maldita ducha y después fuiste a ver a tu padre. ¡Querías echarle la culpa a alguien! No podías anteponerme a mí o a mis sentimientos –acusó.

–No fue así –dijo Rashad después de un profundo suspiro–. Estaba tan enfadado por lo que había perdido...

–¡No me perdiste, me abandonaste!

–Ya sé que he cometido muchos errores contigo, pero no voy a dejar de intentarlo. Me niego a aceptar que el pasado acabe con nuestro matrimonio.

–Pero ese matrimonio es menos de lo que yo merezco y no pienso aceptarlo –protestó Tilda con vehemencia–. Tu padre está manifiestamente en contra de que yo forme parte de su familia, aunque es demasiado educado para revelar sus reservas.

–Mi padre no está en tu contra –afirmó Rashad con seguridad–. ¿No te he dicho cuánto se arrepiente de sus dudas de cuando te conocí? Parece como si siempre hubiera estado angustiado por ser el culpable del final de nuestra relación. Está muy satisfecho de que nos hayamos casado y más que impresionado por lo bien que has asumido tu función pública.

Tilda sacudió la cabeza.

–Pero soy tu esposa solo porque tu venganza se volvió contra ti. Cuando vi el informe, me puse enferma de ira porque hubieras sido capaz de creerte esa basura... Nunca podré perdonarte eso.

–Pero aún eres mi esposa e iría en contra de mi naturaleza dejar que te fueras –dijo Rashad con tranquilidad–. Haré todo lo que esté a mi alcance para conservarte. Mi falta de criterio es el causante de esto. Creo que puedo lograr que nuestro matrimonio sea como tú te mereces.

Las lágrimas que había conseguido contener, estaban empezando a ahogarla. Le dolía la garganta y apenas podía tragar. Rashad se estaba echando las culpas de todo y, al contrario de lo que esperaba, eso no le estaba gustando. Era consciente de lo duro que él trabajaba en todos los aspectos de su vida. Cargaba con una gran responsabilidad. No parecía justo que también tuviera que trabajar para sacar adelante su matrimonio. Había sido la debilidad de su padre y el no haber sido sincero con su hijo lo que había provocado aquella situación. Rashad había caído en una trampa por enamorarse lo mismo que ella y era un luchador, así que había respondido con su agresividad natural.

Se sintió mal por estar intentando justificarlo. Se sintió como alguien que dudaba indecisa ante el último bote salvavidas de un barco que se hundía. Ese barco era lo que se imaginaba que sería vivir en un matrimonio sin amor. En una unión semejante, ella jamás se sentiría realmente necesaria o especial para él y se vería siempre obligaba a mantener los sentimientos bajo llave para que él no se sintiera incómodo. Solo saber que no era amada haría que tratara constantemente de ser la esposa perfecta y lo más a que podría aspirar en respuesta sería el aprecio y la aceptación.

Involuntariamente, guiada por fuerzas más poderosas que su voluntad, Tilda miró de soslayo a Rashad y fue como si su propio cuerpo estuviera gritando por el temor de tener que sobrevivir sin él. Por una vez, esa respuesta no tuvo que ver con la sorprendente atracción sexual que él ejercía. Podría perfectamente encadenarse a él, reconoció con amargura. Había dentro de ella una persistente necesidad de estar con él y de aceptar lo que le ofreciera. Aunque en su interior aún estaba furiosa de indignación, dolor y rabia por el odioso informe, sabía que aún lo amaba lo bastante por los dos.

En un esfuerzo para levantar el ánimo, Tilda recordó que había infravalorado su importancia para Rashad cuando este era estudiante. Había asumido que lo único que él había buscado era pasarlo bien, especialmente en la cama, mientras que la realidad era que había estado incluso haciendo planes de boda. Animada por esa información, fijó los brillantes ojos turquesa en él.

–¿Estabas enamorado de mí hace cinco años?

Rashad se quedó helado. Parecía alguien a quien se ponía antes un pelotón de fusilamiento sin previo aviso.

–Yo.. me gustabas mucho.

Era una respuesta que a ella le habría encantado si los dos fueran niños.

Consciente de que no había dicho lo adecuado, Rashad dijo de pronto:

–¿Si te digo que te amaba, te quedarás conmigo?

Y esa respuesta de Rashad, quien apenas decía una palabra sin pensarlo tres veces incluso en momentos de estrés, iluminó a Tilda sobre los motivos de él. Nunca había sentido más vergüenza de sí misma. A menos de veinticuatro horas de la boda de estado, se había largado. Enfadada, herida y humillada y con la necesidad de devolver el golpe de la única forma que sabía, había escapado. Sin duda Rashad había pensado que su conducta era muy inmadura. Había tenido que seguirla y tratar de persuadirla de que volviera a Bakhar con él. ¿Qué otra elección tenía él? Si su esposa lo abandonaba, se sentiría humillado. No era jugar limpio preguntarle si la había amado.

–Creo que deberíamos comer algo. ¿Has desayunado? –preguntó Tilda cambiando de asunto para olvidar la estúpida pregunta y su reveladora respuesta.

Rashad alzó las cejas sorprendido. Podía verlo luchar contra su desconcierto.

–No, no he podido.

Tilda respiró hondo. Se acercó a un timbre que había en la pared y lo apretó. El silencio se arremolinaba como un mar tormentoso lleno de peligros. Apreció un criado y ella le pidió el desayuno en un árabe lento y cuidado.

Sacudido por la pregunta que ella le había planteado, Rashad se había sentido capaz de decirle cualquier cosa que quisiera oír, incluso si eso suponía mentir por primera vez en su vida. Pero solo se había sentido así diez segundos, las mentiras le parecían demasiado peligrosas en el clima que se había creado. Sabía exactamente lo que sentía por ella. Era su esposa con todo lo que eso conllevaba y quería, algo de lo más natural, llevársela de nuevo a casa.

—Aprendes deprisa —dijo Rashad mirándola con ojos brillantes.

Tilda se preguntó si se referiría al idioma o a cómo poner fin al tipo de conversación sentimental que él consideraba tan insoportable.

—Creo que me gustaría aprovechar la oportunidad de ir a ver a mi madre ya que estoy aquí —dijo en tono prosaico.

—Una idea excelente.

—Podríamos ir a visitarla los dos —añadió por si no había captado el mensaje que intentaba enviarle.

—Por supuesto.

De nuevo el silencio lo ocupó todo.

—¿Estamos de luna de miel? —se oyó preguntar Tilda con la esperanza de que él comprendiera el significado de esa menos que sutil cuestión.

Rashad permaneció en silencio y después una carismática sonrisa brilló como un destello en su hermosa boca.

—Estaba planeado. ¿Por qué crees que he estado trabajando tanto las últimas semanas? Tenía que dejar algunas cosas resueltas.

Esa sonrisa hizo que el corazón de Tilda se volviera del revés y se le secara la boca. Esa sonrisa tenía la fuerza bastante para hacerle subir una montaña. Quería correr por el salón como un cachorro juguetón. Lo pensó justo en el momento en que, afortunadamente, llevaron el desayuno y evitaron que se comportara de ese modo.

Cuando los dos fueron a casa de su madre ese mismo día más tarde, Tilda se sintió agradecida por la distracción después de tanto drama. Encontraron allí a Evan Jerrold disfrutando del té de media tarde y los bollos caseros. Beth estaba feliz por la llegada de su hija y su yerno, y Evan rápidamente se disculpó. Pero Rashad habló un buen rato con él mientras Tilda charlaba con su madre. Se sintió muy feliz cuando Beth le contó que Evan la había convencido de salir de casa y sentarse en su coche unos minutos el día anterior.

–¿Y conseguiste hacerlo sin sufrir un ataque de pánico? –Tilda estaba sorprendida porque todos sus hijos habían hecho grandes esfuerzos para convencer a su madre de que se enfrentara a su fobia en lugar de sucumbir a ella.

–Evan me ha animado. Me ha llevado casi dos semanas salir por la puerta, pero tengo que aprender a manejar todo esto ahora que te has casado con Rashad. Aubrey pronto se marchará de casa también –señaló Beth–. Necesito ser más independiente.

Beth le entregó a su hija varias cartas que habían llegado para ella. Mientras su madre hacía más té, Tilda leyó su correo. La dirección de la última carta estaba escrita con una letra que no conocía. La abrió y sacó una hoja de papel. Era una mala fotocopia de una fotografía de una mujer rubia bailando dentro de una jaula. Tilda sintió que el pulso se le disparaba. La miró horrorizaba. Podía ser ella tanto como cualquier otra. Era imposible saberlo. Debajo de la fotografía había un número de un móvil.

–¡He hecho más té! –dijo Beth mientras Tilda se escabullía para hacer una llamada.

–Solo serán un par de minutos –dijo Tilda cerrando la puerta tras salir.

Reconoció la voz de Scott en cuanto respondió al teléfono. Sintió una arcada.

–Soy Tilda, ¿por qué me has mandado esa foto?

–Tengo varias fotos de ti bailando en la jaula.

Tilda apretó los dedos en torno al teléfono.

–No recuerdo a nadie haciendo fotos esa noche. No te creo.

–Es cosa tuya lo que quieras creer, pero ahora eres de la realeza, esas fotos tienen que valer una fortuna. Supongo que Rashad pagará una buena suma para tenerlas para él solo –su padrastro soltó una risita sórdida–. Por su puesto, si no estás interesada, solo tienes que decirlo. Una princesa rubia medio desnuda dentro de una jaula gustará a la prensa del corazón.

Tilda se sintió mareada. Scott le estaba haciendo chantaje. ¿Le había hecho fotos alguien? ¿Su colega, Pete, a lo mejor? No tenía ni idea. Una rubia medio desnuda en una jaula sería mucha más humillación para Rashad y su familia que una esposa que huye. Se encogió ante la posibilidad de que esas fotografías aparecieran en la prensa.

–¿Cuánto quieres?

–Sabía que lo verías desde mi punto de vista y preferirías que todo quedase en la familia. Quince de los grandes.

Aunque estaba más blanca que la pared, Tilda decidió echarse un farol.

–Entonces tendré que hablar con Rashad para pedirle el dinero, yo no tengo acceso a esa cantidad.

–Mantenlo fuera de esto –dijo a toda prisa Scott agitado ante la idea de que Rashad se viera implicado–. ¿Te tiene controlado el presupuesto? ¿Cuánto puedes conseguir deprisa?

–A lo mejor cinco mil –musitó avergonzada sabiendo que no estaba haciendo lo correcto.

Todo el mundo sabía que era una estupidez sucumbir al chantaje. Ella también lo sabía, pero la sola idea de Rashad volviendo a ver una fotografía de ella la hacía ponerse enferma. No se había gastado nada de la asignación que le habían puesto en una cuenta a su nombre. Se dijo que gastarse ese dinero en recuperar las fotos era menos malo que avergonzarlo con la prueba gráfica de sus errores de juventud.

Scott regateó locuaz y finalmente dijo que aceptaba si eso era lo más que podía ofrecerle.

La puerta se abrió y Tilda dio un respingo. Rashad estaba en el umbral. Le hizo un gesto de interrogación con la ceja al notar su tensión.

–Te mandaré un cheque –dijo a Scott y cortó la comunicación.

–¿Hay algún problema? –preguntó Rashad.

–No, nada... solo una estúpida factura que se me olvidó pagar. Un poco vergonzoso –murmuró con los dientes a punto de castañetearle solo de pensar en que descubriera lo que iba a hacer.

–Mi gente se ocupará. Dame los detalles –dijo Rashad.

–No, me ocuparé yo. ¿Cuándo volvemos a Bakhar?

–Cuando tú quieras.

Tilda estudió la corbata de seda. No se atrevía a mirarlo a los ojos porque era demasiado observador e inteligente. Después de su desagradable charla con Scott, Bakhar parecía brillar como un puerto seguro en el distante horizonte.

–¿Podemos irnos esta noche?

Cuando Rashad habló, su sorpresa era evidente.

–Creía que preferirías algo más cosmopolita para la luna de miel... París, Río...

–El Palacio de los Leones. Nunca me enseñaste el harén –le recordó Tilda pensando que ese lugar remoto en el desierto estaría a salvo de Scott y de sus maquinaciones.

Capítulo 10

DIOS mío... tu abuelo y tú podríais ser gemelos! –Tilda miraba fascinada la fotografía del hacía largo tiempo fallecido Sharaf con su atuendo ceremonial. Ahí podía verse de dónde había heredado la estructura clásica de su figura.

Rashad extendió una mano sobre el vientre de ella para inclinarla y apoyarla en su cuerpo.

–Mi padre dice que los genes de su padre saltaron una generación y llegaron a mí. Aunque me gustaría creer que el parecido es solo de semejanza, yo, definitivamente, no he heredado el buen carácter de mi padre.

–¿Has raptado a alguna mujer? –bromeó Tilda sintiendo un deseo inmediato en cuanto su cuerpo entró en contacto con el de él.

–No, pero si tú no hubieras accedido a darle otra oportunidad a nuestro matrimonio, te habría raptado a ti.

–¿Lo dices en serio? –lo miró incrédula.

Por encima de la cabeza de ella, Rashad estaba intentando no sonreír. Nada lo hubiera convencido de que la dejara ir. Inclinó la cabeza y la besó en un sensible punto debajo de la oreja. Tilda se estremeció indefensa sintiendo una ola de calor en el vientre.

–¿Eh? –volvió a preguntar.

–Te he dicho que no te habría dejado en Londres.

El aire frío del acondicionador le acarició los pechos cuando él le desató la bata y se la bajó por los brazos. Permaneció de pie desnuda entre sus brazos. Él exploró los sensibles pezones con una destreza que la dejó vibrando en respuesta.

–Nos hemos levantado hace solo una hora –susurró ella.

–Ser mi concubina favorita es un trabajo duro –dijo Rashad con voz espesa.

–¿Sí? –preguntó ella dando un respingo al notar que unos dedos bajaban por su vientre hasta enredarse en los rizos de la cumbre de sus muslos.

–Y cuando firmaste la larga condena de ser una esposa, las condiciones de trabajo se hicieron mucho más duras. Espero que sepas cómo luchar por tus derechos porque yo pretendo aprovecharme de tenerte a mi disposición veinticuatro horas al día.

Una risita ahogada fue la única respuesta que ella fue capaz de dar. Lo desagradable del episodio con Scott la había hecho cambiar repentinamente de planes, pero había enviado el cheque. Seguramente, una vez que había conseguido lo que quería, algunas fotos habrían sido enviadas a la dirección de su madre. De todos modos, solo pasaría una semana en el Palacio de los Leones con Rashad, pero estaba feliz. Nunca habían disfrutado del lujo de pasar tanto tiempo juntos, y cuanto más estaban el uno con el otro, menos querían separarse. Tilda podía ver el reflejo de los dos en el espejo de un antiguo armario. Su rubio cabello resultaba brillante contra el oscuro de Rashad, sus pechos provocativamente desnudos entre sus bronceadas manos. Pensó que parecía una desvergonzada. Desvergonzada y satisfecha. Con una indolente mirada de sus oscuros ojos y una forma particular de arrastrar las vocales, era capaz de hacerla literalmente temblar de deseo. Su corazón se disparaba y las piernas se le aflojaban. Dejó reposar su peso sobre él para disfrutar de sus caricias.

Con un rugido de satisfacción, Rashad exploró la

cálida humedad del corazón de su cuerpo. Le dio la vuelta y la sujetó de las caderas y la fue llevando hasta apoyarla en una mesa que había tras ella. Tilda abrió los ojos y se encontró con su oscura e intensa mirada.

—Te gustará —dijo persuasivo Rashad.

Antes de que ella pudiera reaccionar, le separó los labios e invadió el interior de su boca con su lengua de un modo provocativo al tiempo que efectivo. Le separó las piernas y la tocó de una forma que alternativamente la dejaba quejándose o sin aliento, apenas capaz de controlar la creciente hambre que la iba poseyendo. Solo cuando la había llevado hasta el torturante límite de la necesidad, la inclinó hacia atrás y se deslizó dentro de ella. La sensación la invadió como una ola de cegador placer a la que siguió otra y luego otras hasta que terminó gimiendo de deliciosa locura.

Tardo un tiempo en recuperar la razón y ser capaz de hablar. Estaba acostada en una cama a donde la había llevado él. Creía que había gritado al llegar a la cima del éxtasis. Le ardía el rostro y tenía los ojos cerrados porque no estaba segura de ser capaz de mirarlo. Cinco años antes, había sido la intensidad de lo que era capaz de sentir por él lo que le había puesto en guardia. Dejar caer esas defensas le había proporcionado una maravillosa sensación de libertad.

Un dedo perezoso le recorrió la columna vertebral.

—Te ha gustado mucho —dijo Rashad besándola hasta que abrió los ojos—. A mí me ha gustado aún más. Eres tan apasionada como yo y no tengo que reprimirme contigo.

Tilda enfocó la mirada en su hermoso rostro y le acarició la línea de la boca con la yema de un dedo. Era salvaje en la cama y estaba descubriendo que le encantaba esa falta de inhibición.

—Se me ha olvidado ponerme un preservativo —dijo él haciendo un repentino movimiento.

–Oh... bueno –dijo ella encogiéndose de hombros e imaginando un Rashad en miniatura con los ojos serios o una diminuta versión de Durra hablando continuamente.

Aunque quedarse embarazada tan pronto no era algo que tuviera planeado, era consciente de que anticiparlo le producía una cierta felicidad.

Rashad la miró detenidamente.

–Podría haberte dejado embarazada –añadió como si ella no hubiera entendido las consecuencias de lo que le había dicho antes.

–Bueno, tampoco sería el fin del mundo, ¿no?

–¿No te importaría?

–No, si tiene que ser, será. Me gustan los niños.

El rostro de Rashad se relajó. La abrazó.

–Eres sorprendente –dijo él–. Llevamos aquí una semana. ¿Te gustaría ir a Cannes unos días? Tengo una casa allí.

Con una sonrisa soñolienta, Tilda apoyó la cabeza en le hombro de él.

–Si quieres.

–¿Te gustaría?

–Umm –susurró cerrando los ojos porque había decidido que le gustaría cualquier sitio si era con él.

Cuatro semanas después, la luna de miel, que se había prolongado dos veces, tocaba a su fin. Habían disfrutado unos largos y soleados días en la solitaria finca que Rashad tenía en el sur de Francia. Lo habían llamado por un asunto de negocios el día anterior. Tenían que volver ese mismo día y Tilda estaba recogiendo sus joyas para salir un poco más tarde. Estaba tomando nota mentalmente de que sus pechos parecían un poco más sensibles. Llevaba también diez días de retraso en el periodo. No tenía ninguna intención de decirle nada a Rashad hasta que hubiera visto a un médico, pero sospechaba que estaba embarazada. De hecho, estaba bastante excitada antes la idea de que podía llevar ya dentro a su primer hijo y preocupada porque Rashad no estuviera tan ilusionado.

Como se esperaba que Rashad fuera el padre de la siguiente generación de reyes, tener familia naturalmente estaba en su agenda. Pero era muy pronto para haber concebido. Aunque sabía que Rashad actuaría como si fuese la mejor noticia del mundo, en el fondo estaba preocupada porque considerara una opción menos atractiva una esposa embarazada.

Con un suspiro, se miró detenidamente en el espejo intentando imaginarse cómo sería con una enorme barriga y unos pechos enormes. Desde un punto de vista práctico, pensó que habría cosas que no cambiarían. No estaba enamorado de ella y sabía que era una estupidez pensar que aquello supondría alguna diferencia. Su aspecto y lo activa que ella pudiera ser dentro y fuera de la cama eran factores cruciales en su relación. No habría mas viajes de acá para allá, ni cabalgar a caballo ni esquí acuático. Ambos disfrutaban de esas actividades, pero a ella le tocaría hacer ejercicio con moderación. ¿Se aburriría de ella?

Con un humor extraño, observó la pulsera de diamantes. El último regalo de Rashad era tan elegante como el anillo de compromiso. También tenía unos pendientes y un collar. Le había regalado algunas cosas preciosas. Era maravillosamente generoso. Era como si nada lo complaciera tanto como complacerla a ella. Recordando esa verdad, salió a la terraza y se sentó en un cómodo sillón.

Los hermosos jardines bajaban hasta la playa. La finca también tenía unos estupendos establos. Tilda no había aprendido nunca a montar, pero Rashad y su familia estaban locos por los caballos. Había obligado a Tilda a subirse a lomos de una yegua muy mansa. Una vez que había sido capaz de relajarse encima de un caballo, había ido todas las mañanas a montar con él por la playa. Bueno, ella había ido despacio y lo había mirado galopar en el borde de las olas. Había sido jugador de polo aficionado y estaba increíblemente atractivo subido a un caballo.

La mayor parte de las noches habían cenado fuera, disfrutando de las terrazas de muchos de los grandes restaurantes de Cannes. La reserva de Rashad había desaparecido rápidamente. Hablaba mucho con ella, hacía bromas con facilidad. Su relación había cambiado desde que el desagradable asunto del informe se había aclarado. Cada vez más iba reconociendo al tipo que le había robado el corazón cinco años antes.

Algunas discusiones ocasionales rompían la paz y normalmente se resolvían en la cama. Rashad era muy apasionado, muy testarudo. Tenía una voluntad de acero y una personalidad fuerte. Tendía siempre a ser el jefe. Solía pensar que él sabía qué era lo mejor. Lo que la enfurecía era la cantidad de veces que tenía razón. Estaba total y absolutamente enamorada de él, reconocía mareada.

–¿Tilda? –Rashad entró en la terraza espectacularmente guapo en un traje color crema–. Te he estado buscando por todas partes.

–No sabía que habías vuelto. Estaba disfrutando de la vista –Tilda se dio cuenta de que tenía un gesto inusualmente serio.

–¿Puedes entrar? Tenemos que hablar –dijo él.

Tilda se puso de pie despacio y se alisó la falda con las manos. Tuvo una sensación desagradable en el vientre. Algo le decía que alguna cosa iba mal, muy mal. Entró en la habitación que Rashad usaba como despacho. Él estaba apoyado en el borde de la mesa con los ojos mirándola reflexivos.

–¿Sabes?, por alguna razón me siento como una niña a la que llaman al despacho del director –dijo Tilda tensa.

–Siéntate, por favor –murmuró él suavemente.

Tilda se sentó, pero permaneció con la espalda erguida porque sabía que no se estaba imaginando el ambiente de tensión.

–Voy a preguntarte una cosa y espero que seas sincera. ¿Cuál es tu opinión de mí como marido?

Tilda parpadeó y después abrió mucho los ojos.

–¿En... en serio? –tartamudeó.

–En serio.

–¿Por qué me preguntas eso?

–Hazme caso aunque solo sea una sola vez.

–Bueno... eres... un compañero maravilloso, incluso ecuánime... y paciente. Muy bueno en la cama –se ruborizó al ver que Rashad alzaba una ceja como sugiriendo que estaba yendo por el camino equivocado–. Generoso, amable, agradable.

–Parezco un santo y no lo soy. Debes ser más sincera y hablar de mis defectos.

–No he dicho que no tengas defectos –se defendió Tilda al instante–. Aparte de ser demasiado inteligente para tu propio bien algunas veces...

Rashad tomó una hoja de papel que había en el escritorio y se lo tendió para que lo viera. Tilda se echó para atrás porque era la misma fotocopia de la mujer bailando en la jaula que Scott le había enviado a ella.

–¿De dónde has sacado eso?

–Tu madre lo envió con tu correo. No había nada en el sobre que indicara que fuera personal, así que lo abrió alguien de la oficina que pensó que era una invitación a una fiesta.

Tilda extendió la mano y leyó las palabras que había debajo: *Se debe el siguiente plazo*, y al lado la dirección y el teléfono de Scott.

–Ya está resuelto –informó Rashad con tranquilidad.

Pero la conmoción y la aprensión habían hecho a

Tilda sentirse mareada y se sorprendió a sí misma aún más que a él cuando estalló en lágrimas y sollozos.

Atónito, Rashad la levantó de la silla entre disculpas. Le apartó el cabello del rostro.

—Creo que esto se puede calificar como un momento de «demasiado inteligente para mi propio bien» —dijo en un susurro—. No quería apenarte. Eso era lo último que quería.

—¿Qué esperabas cuando me has enseñado esa horrible foto? —dijo Tilda entre sollozos—. ¡Esperaba no tener que volver a verla jamás!

Rashad la rodeó con sus brazos.

—No habrías tenido que volver a verla si hubieras acudido a mí la primera vez.

—¿Cómo sabes eso? —preguntó ella poniéndose rígida.

—He visto a Scott anoche. Allí es donde he estado ayer. Naturalmente, según vi la fotografía supe que solo te la podían haber enviado como una amenaza. Planté cara a Morrison. No hay ninguna foto tuya bailando en la jaula esa noche.

—¿Estás seguro de eso?

—Sí —confirmó él—. Si hubiera tenido una foto auténtica de ti, habría hecho copias en vez de recurrir a una extraña fotocopia.

Tilda se ruborizó.

—Supongo que debería haberlo pensado.

—Ha sido un intento de aficionado de conseguir dinero. Ni siquiera es lo bastante listo como para falsificar una foto con el ordenador. ¿Cómo era la primera carta?

—Usó la misma foto —admitió ella.

—La recibiste cuando fuimos a ver a tu madre. Era Morrison con quien hablaste por teléfono sobre la factura que había que pagar, ¿verdad?

Tilda asintió incómoda.

–Me apena que no vinieras a pedirme apoyo y ayuda en este asunto.

–¿Y volver a sacar a relucir el tema de la jaula otra vez? ¡Prefiero morirme! –dijo Tilda sintiendo un estremecimiento–. Supongo que ya sabes que le he dado a Scott cinco mil libras.

–Sí, y no hay esperanza de recuperarlas porque ya se las ha gastado –dijo Rashad con un gesto de disgusto–. Es un tipo repugnante, pero no se habría atrevido a molestarte si hubieras acudido a mí. Me tiene miedo.

–No hay ninguna foto mía bailando en esa jaula... ¿estás seguro? –preguntó Tilda sin poder creer aún que esa amenaza ya no existía.

–Seguro.

–Me siento tan imbécil por haber pagado –suspiró–. Pero estaba horrorizada por la sola idea de una sórdida foto apareciendo en los periódicos y poniéndote en un compromiso.

–Incluso aunque hubiera habido una foto, lo habríamos superado. Soy más sabio y tolerante que cuando nos conocimos –dijo Rashad irónico–. No se me pone tan fácilmente en un compromiso.

Tilda estaba asombrada por su actitud.

–¿Es cierto eso?

–Por supuesto.

–Bien. Entonces creo que va siendo hora de que te diga que fueron tus amigos quienes me metieron en la jaula. Pagaron al encargado para que me lo ordenara porque era tu cumpleaños.

Rashad estaba realmente desconcertado por su revelación. Tilda disfrutó de esa inversión de papeles.

–Desde mi punto de vista, uno de los papeles fundamentales de un marido es proteger a su esposa de todo –dijo Rashad frío–. Aun así, no has confiado en mí lo bastante como para decirme que Morrison te estaba chantajeando.

–No es que no confiara en ti. Me sentía tan culpable por el episodio de la jaula...

–No tienes por qué sentirte culpable. Pero puede que no tengas fe en mí porque he tardado demasiado en decirte lo que significas para mí –había tensión en su rostro–. Hace cinco años eras todo lo que había buscado siempre en una mujer. Al instante me enamoré de ti. Eso era todo lo que sabía.

Tilda lo miró con manifiesta sorpresa.

–Eras mi sueño, mi premio después de tantas decepciones. Había estado solo mucho tiempo. Pero sabía que tú no sentías lo mismo que yo...

–Rashad... –interrumpió ella emotiva.

–Creía que si tú sentías por mí lo mismo que yo por ti, entonces te habrías acostado conmigo.

Tilda estaba impactada por su sinceridad.

–Eso no es así. Realmente te amaba, pero pensaba que no teníamos ningún futuro. Quiero decir que tú ibas ser rey algún día y yo no quería sufrir. Pensaba que manteniendo nuestra relación como algo ligero no sufriría tanto cuando te marcharas a Bakhar.

–No tenía ni idea. ¿No era evidente que yo iba en serio contigo?

–No. También estaba aterrorizada de que me pudiera quedar embarazada –admitió de pronto–. He pensado mucho sobre ello después. Mi madre siempre se quedaba embarazada tan fácilmente...

Rashad le agarró el rostro con las dos manos.

–Si hubiéramos hablado de las cosas que realmente importan, pero yo no sabía cómo. Solo esperaba que tú supieras que te llevaba en mi corazón.

–Pero yo te amaba muchísimo –le dijo Tilda–. Cuando me dejaste, sentí que el mundo se acababa.

Los hermosos ojos de Rashad estaban sospechosamente brillantes e inclinó su cabeza sobre ella con un ronco gemido.

–Te adoraba. Lo habría dejado todo por ti, incluso el trono, y creo que mi padre lo sabía, lo que le dio aún más razones para temer tu poder sobre mí.

Tilda estaba tan aferrada a él que apenas podía respirar y aun así no se sentía lo bastante cerca.

–En cinco años que estuve sin ti, no volví a ser feliz. Me avergüenza reconocerlo, pero incluso aunque hubieses sido una cazafortunas creo que serías mi esposa porque te amo.

–¿Cuánto tiempo hace que estás enamorado de mí?

–Durante cinco años lo he llamado odio. Nuca me he recuperado de ti –reconoció en un tono sombrío.

–¿No te das cuenta de cuánto te quiero todavía?

–¿Pero cómo puedes quererme? –preguntó Rashad mirándola dubitativo.

–Pides perdón muy bien. Eres estupendo con los chantajistas. Eres muy guapo. Me haces feliz. Supongo que lo más importante de todo: cuando estoy contigo, soy completamente feliz.

–¿Me amas? –una sonrisa empezaba a iluminar sus labios.

Tilda lo abrazó y lo besó.

–Ah, y creo que estoy embarazada –dijo tras decidir que nunca más le ocultaría nada–. Y me encanta.

Rashad rio a carcajadas y la miró casi con reverencia.

–Debo de ser el hombre más feliz del mundo.

Sintiéndose como la mujer más afortunada, Tilda dejó que la llevara en brazos a la cama. Supuso que el final de la luna de miel se pospondría unos días más...

Casi tres años después, Tilda vio como Rashad recibía a su hijo y a su hija con los brazos abiertos.

Sharaf tenía casi dos años, un niño alto para su edad con el pelo negro y los ojos azules. Con el pijama

puesto, revoloteaba alrededor de su padre parloteando
continuamente. Rashad lo alzó con un brazo y dijo
unas palabras cariñosas al bebé que gateaba delante de
él. Bethany tenía nueve meses. Era rubia y con los ojos
marrones, tenía la sonrisa de su padre y el tempera-
mento de su madre. Como la alfombra persa que tenía
debajo le impedía avanzar, rompió a llorar y se dejó
caer al suelo. Rashad la levantó y se la colocó en el
otro brazo. La niña se agarró a él como una lapa y le
dio palmaditas en la cara radiante de amor y felicidad.

Era fin de semana. Rashad y Tilda solían pasarlos
en el Palacio de los Leones donde la privacidad estaba
asegurada. Sharaf había sido una delicia tal para sus
padres, que habían decidido tener otro hijo lo antes
posible. Era un chico encantador, adelantado para su
edad y muy activo. Tilda había llevado muy bien los
dos embarazos.

Su madre se había casado hacía poco con Evan Jerrold y vivía en muchas mejores circunstancias. Le había llevado un año y ayuda profesional superar su agorafobia. Había sido un reto para ella, pero se había
convertido en una visitante habitual de Bakhar. Tilda
se había sentido feliz cuando supo que se iba a casar,
Evan siempre le había gustado y ya no estaba preocupada por su madre como siempre lo había estado. Su
hermano Aubrey había terminado Medicina y Katie
estaba en la universidad. Los pequeños, Megan y James, iban bien en el colegio. Era una fuente de satisfacción para Tilda visitar a su familia. Solía ir a Londres con Rashad.

El rey era un visitante regular de su casa en el com-
plejo de palacio porque le encantaban los niños. Tilda
había conseguido sentirse muy relajada con el anciano.
Llevaba una vida muy ajetreada pero muy satisfactoria.
Había supervisado la remodelación del Palacio de los
Leones. También se daba cuenta de la suerte que tenía

de tener siempre ayuda con los niños. Había vuelto a pintar, aunque en privado había llegado a la conclusión de que era seguramente mejor contable que artista. Aun así, Rashad, apenas capaz de dibujar una figura reconocible, estaba muy impresionado y tenía la embarazosa costumbre de mostrar sus obras a todas las visitas.

Tilda tomó a Bethany de los brazos de su padre. La niña bostezaba.

—Está dormida —dijo ella.

Rashad se inclinó y reclamó la boca de su esposa para un beso que la dejó aturdida. Se puso colorada y pensó en el tiempo que habían perdido la semana que él había estado en Nueva York. Algunas veces Tilda y los niños viajaban con él, pero no siempre era práctico. Llevaron a Sharaf y Bethany a la cama. Disfrutaban de esos momentos de tranquilidad familiar. Rashad contó a su hijo un cuento mientras Tilda acostaba a su hija en la cuna.

—Por fin —rugió Rashad abrazándola en su dormitorio—. No podía esperar para estar contigo esta noche.

—Umm... —con una amplia sonrisa en los labios Tilda se apoyó en la calidez de su cuerpo—. ¿Te he dicho alguna vez lo feliz que me haces?

—Puedo soportar a que me lo vuelvas a decir —le acarició el pelo con ternura—. Pero no puedo vivir sin ti... Cada día te quiero más...

Acepte 2 de nuestras mejores novelas de amor GRATIS

¡Y reciba un regalo sorpresa!

Oferta especial de tiempo limitado

Rellene el cupón y envíelo a
Harlequin Reader Service®
3010 Walden Ave.
P.O. Box 1867
Buffalo, N.Y. 14240-1867

¡Sí! Por favor, envíenme 2 novelas de amor de Harlequin (1 Bianca® y 1 Deseo®) gratis, más el regalo sorpresa. Luego remítanme 4 novelas nuevas todos los meses, las cuales recibiré mucho antes de que aparezcan en librerías, y factúrenme al bajo precio de $3,24 cada una, más $0,25 por envío e impuesto de ventas, si corresponde*. Este es el precio total, y es un ahorro de casi el 20% sobre el precio de portada. ¡Una oferta excelente! Entiendo que el hecho de aceptar estos libros y el regalo no me obliga en forma alguna a la compra de libros adicionales. Y también que puedo devolver cualquier envío y cancelar en cualquier momento. Aún si decido no comprar ningún otro libro de Harlequin, los 2 libros gratis y el regalo sorpresa son míos para siempre.

416 LBN DU7N

Nombre y apellido	(Por favor, letra de molde)	
Dirección	Apartamento No.	
Ciudad	Estado	Zona postal

Esta oferta se limita a un pedido por hogar y no está disponible para los subscriptores actuales de Deseo® y Bianca®.
*Los términos y precios quedan sujetos a cambios sin aviso previo.
Impuestos de ventas aplican en N.Y.

SPN-03   ©2003 Harlequin Enterprises Limited

ESCUCHANDO AL CORAZÓN

JULES BENNETT

Royal, Texas, era el lugar ideal para que Ryan Grant, una estrella de los rodeos, cambiase de vida y le demostrase a Piper Kindred que era la mujer de sus sueños. Cuando esta corrió a cuidarlo después de que él sufriese un accidente de coche, Ryan se dio cuenta de que seducir a su mejor amiga iba a ser mucho más fácil de lo que había pensado.

Sin embargo, Piper sabía que era probable que Ryan quisiera volver a los rodeos, y que corría el riesgo de que le rompiese el corazón. No podía permitirse enamorarse de un vaquero...

Ya no era dueña de sus sentimientos

¡YA EN TU PUNTO DE VENTA!

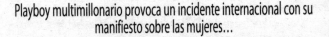

Playboy multimillonario provoca un incidente internacional con su manifiesto sobre las mujeres…

Jared Stone: visionario, rebelde, el chico de oro de la tecnología mundial… y también el hombre más odiado del planeta.

Bailey St. John: superviviente, poderosa ejecutiva, la única mujer que se negaba a inclinarse ante Jared Stone… y también la única mujer que podía salvarlo.

Cuando el manifiesto de Jared lo convirtió en el enemigo público número uno, la única salida fue ofrecerle a Bailey el puesto de directora de ventas, una oferta que no podía rechazar. Pero, con un gran contrato en juego y la tensión en aumento ¿cuánto aguantarían Bailey y Jared sin pasar de la oficina a la cama?

Pasión al desnudo

Jennifer Hayward